文治
© wénzhì books

更好的阅读

所有人都死了的天国

［日］**五条纪夫** 著

陈雪婷 译

クローズドサスペンスヘブン

中国友谊出版公司

图书在版编目（CIP）数据

所有人都死了的天国 / （日）五条纪夫著；陈雪婷译. -- 北京：中国友谊出版公司, 2025. 7. -- ISBN 978-7-5057-6059-2

Ⅰ. Ⅰ313.45

中国国家版本馆CIP数据核字第2024GT5298号

著作权合同登记号　图字：01-2025-2481

书名	所有人都死了的天国
作者	〔日〕五条纪夫
译者	陈雪婷
出版	中国友谊出版公司
发行	中国友谊出版公司
经销	新华书店
印刷	河北鹏润印刷有限公司
规格	787毫米×1092毫米　32开
	8印张　107千字
版次	2025年7月第1版
印次	2025年7月第1次印刷
书号	ISBN 978-7-5057-6059-2
定价	52.00元
地址	北京市朝阳区西坝河南里17号楼
邮编	100028
电话	（010）64678009

目录

Contents

一

封 闭 的 天 国

身后站着什么人。

他在穿衣镜前整理仪容时，镜子里映出了人影。浓郁的黑暗中，他看不清那人的表情，但他知道那是一张似曾相识的脸。

那人是谁？他不停地思索，可尚未想出答案，思绪就被一道光吸引。那是烛台式样的壁灯发出又被刀刃反射的光。

亮光射在脖颈上，一阵冰凉的感觉袭来。霎时，刀刃划过皮肤，笔直地描绘出白色轨迹。喉咙上的伤口似是在笑，大张着嘴，鲜红的唾液滴落。他用力想要呼救，可气管好像被割断了，喉咙里溢出鲜血，让他说不出话来。

思绪逐渐模糊，眼前的景象一点点扭曲。他似乎沉入了夜晚的大海。体会着这种感受，他最终十分肯定。

——他，毫无疑问，被杀了。

* * *

沙子漫过指缝，又悄然退去。海浪的声音传来，翻涌的浪花打湿脸颊。冰冷的海水让他苏醒过来，他发现自己正趴在海岸边。

他猛地站起，环顾四周。太阳低垂，似乎刚刚天亮。

"这是哪里……"

细腻白沙形成的海岸延伸至远处，朝着陆地一侧划出一道弧线。这里很可能是一座半岛，或是一座孤岛。他眺望大海的远处，看不到其他陆地，只有海面上跳动着耀眼的阳光。

波浪翻涌间，阳光闪动，有些晃眼，他宛如置身梦境一般。

他一边想着，一边摸向喉咙。那里没有伤口。

"嗯？怎么可能……"

他肯定是被割喉了。一闭上眼睛，就能想起那真实的痛感。

他试着回忆，脖子却传来一阵刺痛，伸手摸去，指尖被殷红沾湿，似乎只出了一点血。他果然被割喉了，但伤口的血应该是止住了。

可是，为什么？

这不是小伤，至少很难想象一夜之间就能恢复。这是否意味着他已经昏迷好几天了？还有一件事很古怪，他虽然倒在海边，但衣服几乎没有湿。也就是说，他不是被海浪冲到这里的，很有可能是被什么人搬过来的。

但那人是谁，又对他做了什么，他毫无头绪。还有一个更重要的问题："我是谁……？"

他失忆了。他只知道自己被杀了，而名字、职业等信息完全想不起来。

他慌张地摸着自己的脑袋和脸，摸过胸口，再探进裤子口袋，好一阵摸索，可身上没有任何证明他身份的东西。他穿着纯白衬衫和灰色长裤，光脚穿着一双皮鞋，衣着非常简单，根本推断不出自己是什么人。

要是他戴着顶厨子帽，至少还能猜出个职业，但并没有这种好事。他现在只知道自己是个唇边和下巴留着胡子的男人。

在海边傻站着也是无用，想到这里，他决定先找人问问。抬眼一看，他立马发现了不远处的道路。海岸边的树林有一个弧形的缺口，有条仅能容一辆车通过的狭窄小路。地上铺满了碎石，明显是人工铺就的。他抬脚沿着道路往前走去。

走了一会儿，他听到茂密的针叶林中传来一阵突兀的发动机响声，应该是轻便摩托车的声音，看来附近的确有人。燃起的一点希望让他更加坚定地朝前走去。

果然，不久他就看到了一幢宅邸。

"这里是……"

脑袋一阵刺痛。不对劲，不，是似曾相识，他认得这里。他感觉这里藏着一个非常重要的秘密。

这是一幢木结构的二层洋房，黑色的屋顶，淡黄的外墙，正前方是个宽敞的英式花园。虽然看起来有些年头，但庭园里的植物修剪得当，玄关前干净整洁，应该还在使用。说不定是旅游时常见的资料馆一类的地方，里面或许有人。

门前没有门铃或对讲机，而是挂着铃铛。拉动垂着的细锁链，一阵清脆的叮当声响起。紧接着，一阵急促的脚步声传来，双开大门从里面被拉开了。

"哎呀，欢迎光临，一直在等你呢。"

门内出现一名身材微胖的中年男子。他身穿黑色T恤，挎着腰包，打扮和宅邸极不相称。但比起服饰，最令人在意的是他说的话。

"你说等我，是什么意思？"

"别管这么多了，先进来吧。"

是他失忆前的熟人，还是将他割喉的凶手？想到这里，他警惕起来。中年男人看他这副样子，露出了和蔼的微笑。

"也难怪你有所防备，你失忆了，对吧？"

"你……你怎么知道？"

"说来话长，进来再说吧。"中年男子指了指屋内。

可疑，太可疑了，但对方肯定知道些什么。他现在完全不知道该如何找回记忆，若想有所进展，看来只能先听这人的了。

或许是察觉到他的想法，中年男子再次露出笑容，向宅邸里走去。他连忙小心翼翼地跟了上去。

从格局上看，这房子似乎是传统的西洋建筑。穿过大门，内里没有换鞋的玄关，而是铺着可以穿鞋走上去的酒红色地毯。穿过尽头的另一扇双开大门，就来到了用于通风的宽敞楼梯厅。

这里实在华丽。灰白色的墙上贴着刺绣精美的布艺壁纸，柱子和墙裙用的大概是上了年份的红木，在天窗照进的阳光下，闪耀着红金色的光芒。虽然没有花哨的装饰，但这内饰显然十分上档次。这座宅邸的主人肯定是个富豪。

他目瞪口呆地环顾四周。突然，走在前面的中年男子大声说道："大家快来，最后的出场人物到啦！"

或许是为了回应他的话，四周传来了开门声。很快，几名男女出现在楼梯厅里。

正面的门里走出一位穿着女仆装的女子，左手边走廊处是一位穿着厨师服的男子，右手边一位穿着连衣裙的女子正在走下旋转楼梯，二楼栏杆处靠着一位留着脏辫的男子。如果算上领他到楼梯厅的中年男子，一共有五个陌生人。他们好奇地朝他投来打量的目光。

他一头雾水，困惑不已。出场人物是什么意思？这时，穿着女仆装的女子向前走了一步，深深一鞠躬。

"欢迎光临，我们一直在等您。"

又来了，和刚才一样的台词。

"啊，我刚才问过这位先生，他也说在等我，这是什么意思？抱歉，我没搞懂……"

"你失忆了，对吧？"

"这话刚才他也已经问过了。"

"我们也失忆了。"

"啊？"

他不仅没问出什么，反而越来越疑惑了。

他想继续追问，但这女子却有一种生人勿近的气场。她看上去二十多岁，加上这样的穿着和娇小的体形，看起来就像是洋娃娃，表情也像木偶一样毫无生气，根本看不出她在想什么。

相比之下，挎着腰包的中年男性看上去好相处得多。他想着，朝站在一旁的男子开口："你也失忆了吗？"

"嗯，对。"他回答得很随意。

"这是怎么回事？我想知道细节。"

"我觉得你还是问女仆比较好，很多事情都是她告诉我的。"男人都这么说了，他只好照做。

他转向穿着女仆装的女子，谨慎地问道："请问，你能从头给我讲讲详细情况吗？"

女子双手交叠在小腹前，像煞有介事地缓缓开口："这里是……天国。"

他细细咀嚼着这句话，然后再次转向中年男子："不行，根本听不懂。"

"说来话长，你先耐心听下去。"

听到劝告，他艰难地再次转向女子说道："嗯，我在认真听。天国，是什么意思？"

"你被割喉了吗？"

不快，但闪着寒光的刀刃划过脑海。

"嗯……你怎么知道？"

"在场的六个人都是被割喉而死的。只有这一点，大家都记得很清楚。"

"死？开什么玩笑。这里是死后的世界吗？"

"从广义上来说，是的。所以刚才我告诉您，这里是天国。"

他面部抽搐，不由自主地发出了干涩的笑声。

——自己……果然……被杀了。

如果他只是失忆，那这些话可以当作胡言乱语置之不理。可至今仍残留在脖子上的真实触感，深深否定了他这一猜想。

"天国不是在轻飘飘的云上面的吗？"

"不，这里只是一座小小的荒岛。宅子外面只有松林和沙滩。"女子十分平静，反而让他有些烦躁。

"我从没见过这样的天国。不对，我就没见过天国。难道我们要永远待在这座宅子里吗……"

他语速飞快地说完，女子像是在窥探似的微微歪着头说："请问，您认为天国是什么样的？"

"啊？在棉花糖似的软绵绵的云上，有穿着白色长袍的胡子大叔和头顶圆圈的天使们，不是这样吗？"

面对女子冷不丁的提问，他直白地回答。

女子了然地点了点头："看来您秉承着西方的宗教观。"

"什么宗教观，我又不信教。"

"我知道，我只是确认一下您对天国的印象。我也想到了类似的场景。但在日本，提到天国，多数人应该会联想到莲池和佛祖吧，我们称之为极乐世界。"

"佛教徒可能会想到那样的场景吧。"

"除此之外，神道之类的万物有灵论，也有死后作为灵体留在现世的观点。不同文化中的天国是不一样的。"

"所以呢，这跟我有什么关系？"

他加强了语气催促道。他不想听什么和尚念经。

"也就是说，天国是人创造的世界。共识和愿望的投影，就是天国。"

终于说到了重点。

"总之，你想说的是，这个地方是由我们……不，应该说这个地方是我们残留的意识，是由这些共识和愿望创造的世界。"

"您理解得很快，太好了。"

"可就算这个假设成立，我们也无法离开这里。这有什么用吗？说到底，这不过是毫无意义的幻想。"

听他说完，女子微微皱起眉头："我不这么认为。被不明身份的人杀死的被害人会有什么愿望呢？"

她加重了"不明身份"这个词，以提示她的解答。

"想知道谁是凶手。"

"没错，这个世界是我们想要找到凶手这一愿望的具象化。我们只有被杀那一瞬的记忆，这就是最好的证据——尽管在您看来，这或许只是毫无意义的幻想。"

"你挖苦起人来倒是挺有真情实感的，我稍微放心了。"

他用讽刺回敬她的挖苦。女子移开视线抿嘴一笑，然后深吸一口气，似乎想重新平复情绪，说："愿望实现了，对尘世的留恋就会消失。查明了我们的死亡真相，我们就能从这个世界解脱。"

"然后呢？"

"这……我不知道……"

两人身边一片寂静。周围的人同样继续保持着沉默。

"这太荒谬了。"他自言自语般地咕哝了一句。

女子目不转睛地盯着他："您不相信我的话吗？"

"我……"说到一半，他咽了咽唾沫，思考片刻后说了下去，"相信。不知为什么，我相信你。"

从常识上来说，这是不可能的事情。但或许被封印的记忆无意识间影响了他的判断，他居然觉得她说的是真的。

那女子表情略微放松，缓缓点头："我猜到您会这么说。就算我不说，您迟早也会得出同样的结论。

实现自己的愿望，这才是我们存在于此的唯一意义。"

"至少你是靠自己得出了这个结论。"

"是的，没错。"

"其他人都认同了你的想法。"

"是的，非常感谢大家。"

"嗯……"

他沉吟着看向其他四个人。虽然没人插话，但众人似乎并非不感兴趣。他们的眼中明显透着审视、警惕，或者说某种探究。

环视一周后，他再次将视线停在穿着女仆装的女子身上，说："那么，该告诉我了吧。你已经推理出大致真相了吧？否则，你怎么能预见第六个人，也就是最后一个人物的存在，又为什么会等我呢？"

被他这么一问，女子沉默了。其他人也面面相觑。

一个声音打破了这种紧绷的氛围。"因为报纸。"挎着腰包的中年男子开口。

"报纸？"

"对，报纸。因为报纸上写了。"

"什么意思？"

"报纸上写了'宅邸里死了六个人'。"

"啊，对不起。我不是问这个，我是对荒岛上有报纸这件事本身有疑问。"

"啊，这个啊，你看，就是……"

也许是想不出该如何解释，中年男子吞吞吐吐。

就在这时，穿着女仆装的女子又开口道："这是共识。这里通过共识完美地再现了我们死亡的地点。虽然是荒岛，但所有的基础设施都可以使用。不用说电力、煤气、自来水，连食物和报纸也会按时送到。"

"送到，是指有人会送来吗？"

"不，每到早上冰箱里就会补充满同样的食物。新的报纸也会投进外面的信箱里。"

中年男子接话："对对对，就是这样，早上就会送到。今天早上，我去信箱拿报纸，接着你就来了，我又连忙折回门口去。对了，报纸就是这个。"

他的手里握着一张卷成细纸筒的粗糙纸张。

"那报纸上写了什么？"

"说在宅邸里死了六个人。"

"这个我知道了，说具体的。"

"具体的……今天的报纸我还没看，之前写的是……一个有钱人的家里——大概就是这个宅邸，举行了一个六人聚会。聚会的第二天，在房子里陆续发现了被割喉的尸体。大概就是这样。"

"那不就是宅邸里死了六个人？"

"对啊，我不是说了吗？"

两人正说着，一个声音从头顶飘来。"看来是解释得还不够清楚。"靠在二楼扶手上的脏辫男子开口了。

他朝男子轻轻点头示意，然后开口询问："什么意思？"

"发现尸体的地方掉落着疑似凶器的刀具，而且宅邸的门都是锁着的。"

听到这话，他就明白了为什么众人的目光带着审视。

"我明白了，现场是密室。也就是说，你认为凶手就在我们之中。凶手不仅杀了人，之后还自杀了。"

"没错。"

"而且你怀疑我就是凶手。"

"这是自然。昨天我们五个人已经确认过了，大家都有被割喉的记忆。那么，自然会怀疑最后一个人。"

"嗯，这倒也不是不能理解。"

"所以呢，是你杀的吗？"

男人的语气吊儿郎当的。不仅是语气，他的外表也流里流气的。发型就不用说了，他戴着大金链子配上香芋紫色开襟衬衫，年纪也三十多岁了。要是年轻人倒还好说，这个年纪还这副打扮，一看就不是什么正经人，至少不是个普通上班族。

"让你失望了，我也只有被割喉的记忆，完全不记得自己杀过人。"

"是吗？听说嘴皮子溜的人是很会撒谎的。"

"我在这种时候撒谎有什么好处？！"

这时，楼梯旁那位穿着连衣裙的女子走了过来。

"或许猜错了？凶手是我们以外的人。"这是对周围的人说的。他虽然不知道他们商量得出了什么结论，但多亏了那不太正经的男人打破僵局，大家才能轻松开口。听了女子的话，男人思索着。

"'凶手在我们之中'的猜想比较靠谱吧。"

"即便如此，凶手也不是他。我敢肯定。"

虽然不知道为什么，但得到了信任，他还是表示了感谢："谢谢，不用被当成杀人犯了。"

"不客气，我只是想说什么就说什么。"

她优雅地一挥手。远远地，他看不清女子的脸。对方看起来似乎很年轻，大概十几岁，穿的连衣裙也很时尚，藕粉色的法式连衣裙搭配着白色蕾丝短外套。

"对了，你为什么确定我不是凶手？"

"因为你长得很帅。"

"什么？"

"好男人可不会杀人。"

她看起来很年轻，口吻和话语却很成熟，甚至有些老气横秋。

"先不管外貌和杀人有没有关联，我长得帅吗？抱歉，我看不见自己的脸，也记不得自己的年龄，不知道是应该承认还是要谦虚。"

"照照镜子吧。你大概三十岁，帅得让人神魂颠倒，像演员一样。"

"啊，是吗？我明白了，我一会儿照照镜子……"

他和四个人说过话了，现在只剩下一人——在角落里站立的那个人。对方看起来没有要开口的意思。

于是，他想开口询问，但挎着腰包的男人突然一拍手："好了……第六个人也来了，但我们还是不知道谁是凶手，那就先好好相处吧。大家先做个自我介绍吧？"

其余四人似乎对这事情突然的发展有些疑惑，表情迟疑。

看众人这样的表情，中年男子转过身来，不知为何给他比了个加油的手势。

"交给我吧。"

"嗯？什么意思？"

男人没有回答他的疑问，而是挥手指向穿女仆装的女子："首先是她，她是女仆。"

看来是要逐一给他介绍了，可……

"我看得出她是女仆，不然还能是谁？"

"不，我说的不是职业，而是称呼。我们都忘了自己的名字，所以就用绰号互相称呼。她的绰号是女仆。"

"太随便了吧。"

听完对自己的介绍，女仆恭恭敬敬地鞠了一躬，开口打招呼："我是女仆。虽然我和大家一样失去了记忆，但我生前好像在这里工作过，对房子的布局和设施的使用方法都很清楚。如果有需要，请尽管吩咐，还请多多指教。"

"也请你多多关照。"

中年男子看我们互相打了招呼，又介绍起那位年轻的女性："下一个是她，千金小姐。"

"千金小姐，这也是绰号？"

"噢，绰号是千金，小姐是尊称。"

千金微微颔首示意："好好相处吧，请多关照。"然后挥了挥手。

他同样挥手回应。

中年男性指向二楼说："他是混混。"

"混……混混？你是混社会的吗？"

听他说完，那位混混先生张开左手，向前伸出说："我没有小拇指，也不记得自己是不是混社会的。但不管是不是，我的绰号都很讨厌吧？这种起名方式要是放在现世，会被因为受伤缺了小拇指的人骂惨的。"

"的确，有些刻板印象了……"

他不知道该如何称呼对方。如果直呼混混，可能会被骂。也许是看出了他的顾虑，中年男子笑着插话："混混虽然嘴上这么说，但还是接受了这个绰号。他其实很少生气的，心地很善良，昨天还跟花园里的花儿说话呢。"

厅内顿时响起了怒吼："就你话多！"

他不安地问中年男子："你不是说他很少生气吗？"

"没事，没事。"中年男子像小动物似的啪嗒啪嗒地朝角落里的人走去。

"他是厨子。"

被称为厨子的男子沉默着深深鞠了一躬。他穿着白色厨师服，头戴高高的厨师帽，很符合他的绰号。

这人年纪在三十岁上下，从笔挺的站姿就能看出他是个严肃的人。

他随即开口道："厨子，我想问你一件事。"

厨子惊讶地睁大双眼问："什么事？"

"你来到这个世界的时候就穿着那件厨师服吗？"

"是的，我在海边醒来时就穿着。"

"还有这么好的事。"

"好事？"

厨子没能理解他脱口而出的话。他解释道："的确是好事。戴着厨师帽，就算失忆了，也能知道自己的职业和技能。你是厨师，对吧？"

问题问出口，气氛一时间有些古怪。他不安地望向四周。不知为何大家都紧抿着嘴，一脸苦涩。

"嗯？大家这是怎么了？"他正咕哝着，厨子开了口。

"是的，我是厨师。我为这身厨师服感到骄傲。"他露出一个爽朗的笑容。

"很可靠啊。对了，厨师和女仆一样，生前也在这个宅子里工作吗？"

"这个，我不知道……"

"是吗？那可能是聚会时被临时叫来的厨师吧。"他自言自语道，整理着得到的信息。

总之，他也算是和厨子打过照面了。这样想着，他将视线转向中年男性，示意他继续。中年男子又拍手道："好了，介绍到此结束。"

"等等，你呢？"

"对了，我还没介绍自己呢。我忘了……"这人好像有些迷糊。

"我的绰号是小包，因为我总挎着腰包，所以叫小包。我四十多岁，应该是所有人中年纪最大的。但我只比你早来一天，昨天早上刚到这里。我对这里还不太习惯，可能帮不上你什么忙，总之请多关照啦。"

"你才刚来吗？我怎么觉得你是最熟悉这里的。"

"没有没有，我这是紧张得有些手足无措了。"小包丝毫看不出紧张地说，然后再次拍手，"好了，接下来得给你定个绰号了。你有什么建议吗？"

"建议……"

他想到了自己需要起个绰号，但也没什么好主意。其他人的绰号都是根据外貌特征起的，他觉得可以借鉴一下，但也不知道自己有什么明显的特点。

沉思片刻，小包开口解围："根据外表特征来起吧。"

"嗯，我也这么认为。"

"那叫'光脚穿鞋'怎么样？"

"啊？这算什么名字？"

"很少见有人光脚穿皮鞋，我觉得很有特点。"

"哪有人的绰号是动词短语的？"

"那叫光脚皮鞋？"

"重点不在这儿好吧！"

这个人靠不住，还是听听别人的建议。

"帅哥，怎么样？"千金说道。

"帅哥啊，被人这么称呼很不好意思。"

"但你真的很帅。"

"我还没看过自己的长相，所以不知道是不是真的。"他回答。

混混也加入了讨论："那要不叫胡子？你应该知道自己留着胡子吧？"

"嗯，知道……"

"也没有其他人留胡子，正好。"

"嗯……"

他摸着长满胡须的下巴思索。

这时，小包用手指比了个取景框，像是在找拍照角度一样盯着他。

"胡子听起来不像个名字，叫胡子男怎么样？我觉得挺适合的。"

"胡子男？听起来傻傻的。"

听到这话，女仆恭恭敬敬地开口道："那么，就叫胡子男先生好了。"

"什么？这就定下来了？"

他开口抱怨，但无人理会。小包、混混、千金、厨子都用力点头。

女仆双手交叠在小腹前，缓缓向前，说："那么，请允许我再向您问候。胡子男先生，欢迎来到封闭的天国。"胡子男耸耸肩，向嫌疑人们点头示意。

二

线 索

案件被发现的时间是二〇一九年七月二十日上午。

和往年一样，全国持续着三十摄氏度以上的高温。但由于梅雨前锋还在本州停滞，加上正沿日本海北上的台风五号的影响，从几天前起，大量的潮湿空气涌入日本列岛。因此，十八日白天到十九日深夜，太平洋沿岸地区出现持续强降雨，案发地点静冈县某市也在其中。直到案发时，现场周遭仍在下雨。

若不是持续降雨，事件或许不至于如此惨绝人寰。因为大部分被害人并不是房子的住户，而是被邀请来的客人。

他们之所以在事件发生的十九日深夜仍停留在此地，可能正是因为大雨。案发现场是一栋被称为"天国宅邸"的二层木结构宅邸，如前所述位于某市郊区，距离最近的车站有三十分钟的车程。再加上当天附近发生山体滑坡，不难想象被害者们当时因不可抗力被困在了这里。

目前被害人的身份尚未查明，因此不能断定他们确因大雨被困。如果受邀的客人住在附近，那么他们本可以选择离开。但了解天国宅邸周边环境的人都知道，这种可能性极低。

天国宅邸距离海岸有十几分钟的路程，虽然周边也有几所房屋，但大部分都是别墅或度假屋。如果是盂兰盆节倒还可能，但在梅雨季节，这里是不会有人居住的。如果不是第一发现人餐馆老板进了房子，案件肯定要很久之后才会被发现。

餐馆老板二十日上午到访宅邸，是为了回收外卖碗筷。他接到房主国泽秋夫的儿子国泽春斗的订单，于前一天十九日的白天送去了六人份的餐食。

天国宅邸里住着国泽父子俩和女佣三人。房主国泽秋夫二十五年前离婚，之后一直单身，因此家中常年只有这三人，但据说案件发生时国泽秋夫并不在家。

餐馆老板回忆接到订单时的情况，说道："十八日早上我接到他儿子打来的电话，说明天要开庆功宴，让我准备六人份的餐食，菜品让我自己看着办。但他父亲秋夫先生患有糖尿病，口味也很挑剔。为谨慎起见，我问他需不需要准备低糖的菜。他说父亲不在，尽量做得丰盛一些就好。"

国泽家经常光顾这家餐馆。据说，平时的伙食都是由女佣准备的，但在有多位客人拜访时，还是会请餐馆代劳。

这一天，除了房主不在，订单还有其他古怪之处。

"国泽家平时都是提前一周就来订菜，那次却只提前了一天。而且眼看着天气要变差了，要是别的客人，我肯定拒绝了，但一看是国泽家的订单，我就接下来了。"

古怪之处还不止于此。平日里这些小事都是女佣做的，这是他第一次接到国泽秋夫的儿子春斗直接打来的预订电话。

但女佣并非不在家。十九日下午两点左右，他将餐食送入宅邸时看到了女佣的身影。此外，由于当时女佣也在宅邸内，很有可能被卷入了案件。此处暂且不讨论被卷入案件的后果。如前所述，被害人的身份尚未查明。

第二天上午六点左右，雨停了。此前由于不知道天气会如何变化，所以餐馆老板跟国泽家约好等雨停了再回收餐具。老板觉得此时有些早了，于是八点过后才打电话询问，但无人接听。老板还是出发前往宅邸，因为餐具一般会放置在玄关处，等人来回收。当然，事实并非如此。

上午九点，老板抵达天国宅邸。此处略加说明，这幢天国宅邸建在海滨别墅区，该地区虽然有多处豪宅，但其中最惹眼的就是天国宅邸。房子建于一九八七年，是泡沫经济时期流行第二套房产时建造的。但不同于其他房子，天国宅邸是传统英式风格的建筑。讲究的房主国泽秋夫还请来了意大利建筑师做设计，以融合了哥特风格和现代建筑特点的十九世纪维多利亚式建筑为灵感，打造了这幢宅邸。资料显示，宅邸屋顶选用削薄的天然石材，外墙雨淋板选用雪松木，不仅轻盈，也与周围的植物相得益彰；内饰方面则选用了红木、胡桃木等珍贵又有质感的建筑材料，与地板上的红色绒毯相呼应，显得十分高雅。

无论是当时还是如今，像这样遵循传统的建筑已经很少了，尽管中规中矩，但仍是一座极尽奢华的精致宅邸。

宅邸建造时，国泽秋夫三十九岁。虽说当时经济繁荣，但很少有人这般年轻便拥有如此大的宅邸。简单来说，他是个成功人士。

国泽秋夫出生于静冈县某市，父亲以渔业为生。据他本人说，自己的家庭并不富裕，他从小就打工送报纸，正是这段经历让他对报纸媒体产生了兴趣。之后，他靠奖学金顺利读完大学，进入一家大型报社的分社当记者。二十五岁时，他便崭露头角，调到了东京总部。中间有许多与本文无关的经历就此省略。他在记者时期发表了多篇独家报道。由于大部分报道没有附上记者姓名，很多人可能没听过国泽秋夫这个名字，但由他负责的独家新闻却是家喻户晓的。凭借着这些成绩，他在二十九岁时自立门户。经过四年的自由撰稿人生涯，一九八一年，三十三岁的国泽秋夫在静冈县某市成立了公司。"天国宅邸"就来自他的公司——"天国报社"。

天国报社发行的报纸《天国新闻》，表面上看是静冈县的地方报纸，但内容并不局限于地域新闻。该报社利用暗地里的人脉和势力形成了独有的信息网，频频刊登令人震惊的独家新闻。这些新闻的高话题度使得该报纸的发行量在短短几年内就超过了三十万份。对于新成立的报社来说，这是非常罕见的成绩。

也因为如此，有不少人称国泽秋夫为当地名人，天国宅邸也逐渐成了旅游胜地。宅邸四周并未建造围墙，外围的庭园通常对外开放。当然，这也是最初的设计。秋夫意识到大家对他的关注，希望更多的人前来，因此保留了原来的设计。

我们说回二十日上午九点。

当时虽然刚下过雨，但或许是因为路面铺满了砂石，天国宅邸周围不算泥泞。餐馆老板像往常一样，开着小面包车来到门口，在门前下车，但他并没有在门口看到餐具。于是，他按响了门铃，呼喊国泽春斗的名字，但无人回应。

老板很难想象春斗连餐具都没收拾就出门了。他心里感到奇怪，绕着屋子想看看能否从窗户看到屋内。接着，他发现有人躺在门口左手边的会客室里。

那个会客室有一扇通往庭园的双开玻璃门，从门外可以看到室内的情况。

但当时室内光线较弱，他只能隐约看到人影。

"一个穿红色衣服的人仰面躺在沙发上，我没看清他的脸。知道家里有人，我就敲了敲玻璃门。但无论我怎么敲，那人都没反应。我心想糟了，可能是晕倒了，所以就叫了救护车。"

上午九点二十一分，急救中心接到电话后立即派出了救护车。但受前一天山体滑坡的影响，路上花了些时间，救护车将近十一点才抵达现场。据说因为天气炎热，在此期间餐馆老板一直待在车里。

救护车到达后，三名急救队员中有两名按照餐馆老板的指引来到会客室外。看到屋内景象，救护人员决定想办法进入屋内，检查门窗后发现都上着锁，于是用撬棍打破了待客室的玻璃门，进去救人。

这时，他们才发现天国宅邸里有人死亡。

"那场景太惨不忍睹了……"

一名急救队员如是说。

"沙发上的被害人穿的不是红色的衣服，而应该是一件白衣服。但衣服被喉咙流出的血染红了。我看一眼就知道他已经死了，因为喉咙的伤口深可见骨，脖子都快被割断了。相比之下，地板上那名被害人伤口较浅，但受伤部位是喉咙，还是导致失血过量，明显在我们赶到之前就已经死了。"

会客室里有两具尸体，都是成年男性，一人仰面倒在沙发上，另一人倒在沙发旁边。确切的死因还需要等待尸检结果，但从血液的凝固情况和肌肉收缩导致伤口外翻来看，很有可能是被割喉而死。

"这已经不是救护人员能解决的事情了，所以我马上报了警。而且为了尽可能保护现场，我没有触碰尸体，退到外面等待。"

此时，餐馆老板放弃回收餐具，回到了店里。他向急救队员诉苦，称自己已经待了两个小时，不想再牵扯进杀人案件里。急救队员也认为尸体确认工作可以由他们完成，因此接受了老板的请求，让他回去了。后文将提到，正是这个不起眼的决定，推迟了第三名死者被发现的时间。

中午十二点三十分，警察赶到。与救护人员一样，他们也因为山体滑坡耽误了一些时间。警察迅速开始勘验现场并问询救护人员。

命案现场的情况逐渐清晰。

两具男性尸体倒在上锁的房间内。他们虽然都是被割喉而死，但伤口略有不同，并且倒在地上的尸体旁有一把大刀。

这导致了警方的误判。在对急救队员们问询的过程中，由于队员没有详细转述餐馆老板的话，所以当时警方以为只有两名死者。也就是说，警方朝两名男性一同自杀的方向展开了调查。由于宅邸面积较大，短时间内只能详细勘查会客室。下午三点后，警方终于开始搜查其他房间，这才找到了第三名死者。警方在宅邸中央旋转楼梯下的走廊不远处的卧室内发现了被割喉的女性尸体。

搜查人员一下子紧张起来。古色古香的宅邸，死相惨烈的尸体，所有人都知道这不是在拍电影，又不约而同想到了连环杀人狂的可能性。

这种不好的预感可以说十分准确，他们的猜测成真了。

随着搜查深入进行，搜查人员在二楼的几间客房里陆续发现了另外三具被割喉的尸体。

《每时新闻》二〇一九年七月二十日晚八时号

三

俘虏们

　　他在摩托声中醒来，看了看墙上的钟，指针指向六点。说起来，昨天他也是这个时候来到这个世界的。虽然没有看到人影，但说不定除了他们六人，还有其他人在呢……

　　想到这里，胡子男从床上爬起来，走向窗边。

　　他掀开红色天鹅绒提花窗帘，清晨耀眼的阳光一下子照了进来。这扇窗户好像是朝东开的，摩托车声则从南面玄关处传来。他打开双开的窗户，朝那边眺望，却发现这是个视野死角，什么都看不到。声音也渐渐隐入林中，消失无踪。

紧接着，门外传来了敲门声。他慌忙关上窗户，开口应答："来了……是谁？"门外传来一个声音。

"早上好，胡子男先生，早餐准备好了。"是女仆的声音。

"啊，好，我马上就过去。"

"好的。"

轻柔的脚步声渐渐远去。

胡子男坐在床上低着头，深深地叹了一口气。

"这究竟是什么情况？"

可能潜伏着杀人魔的宅邸也是寻找真相的世界。退一万步……不，就算退一百万步说，他也无法理解为什么女仆把他当作一个客人来对待。

昨天她给他准备饭菜，带他去洗澡，还给他安排了一间单人房。这简直让他觉得自己住在了高档酒店。可女仆也是嫌疑人之一。他又叹了口气，自言自语："算了，纠结也没用……"

因为不管情况如何，需要做的事情只有一件。

他振作精神，站在穿衣镜前整理仪容。衣服和昨天的一样。在这个世界里，每个人都只有一套衣服。

好在这套衣服不会脏，就算沾上污垢也会在毫无察觉中恢复洁净。

不只是衣服，身体也是如此。就算是出汗、大小便这种生理活动，也不会让身体变得黏腻、发臭。再说得极端些，他们甚至不需要洗澡和刷牙。然而，大家还是按照生前的习惯保持着精神上的卫生。此外，胡子似乎也不会长长——明明他被称作胡子男。

冰箱里每天都会补充相同的食物；纸巾和肥皂等用品也会自动补充；垃圾桶会自动清空；打碎的餐具会恢复原状。他想，这个世界是拒绝变化的。或许他们也不会变老——尽管他无法立刻确认，也不想确认。这里就像是个永恒的牢房。

唯一的解脱方法就是找出凶手。

他目不转睛地盯着镜子，里面映着烛台式样的壁灯。这一定是他被杀死的地方，是女仆把他领到这个房间的，但她应该并没有意识到这里就是杀人现场，只是碰巧这个房间空着。胡子男不疑有他，进了房间。可渐渐地，他觉得这便是命运，或者说是一种必然。

他是失忆了，但不可能是在前往天国的途中掉到这里的。或许是脑海中沉睡的记忆作为一种共识，影响着这个世界的动向。

他原本没什么推理的头绪，但这种由必然导致的偶然，或许会为他指引方向。而且，穿衣镜里映出了一个让人神魂颠倒的美男子："我，好帅啊……"

位于宅邸中央的通风楼梯厅连接着好几扇门，其中正对玄关的一扇门内就是餐厅。

胡子男进入餐厅时，里面只有小包和千金。

"其他人呢？"他开口询问。

正在读着什么的小包抬起头来，说："女仆和厨子在隔壁厨房，混混还没来呢。"

"嗯……对了，座位是固定的吗？"

餐厅里放着一张铺着纯白桌布的椭圆形餐桌。餐桌里侧并排摆着三把椅子，千金坐在中间的位置上。外侧也有三把椅子，中间坐着小包。也就是说，两旁的四个座位都是空着的。

"座位还没定，你想坐哪儿就坐哪儿。"

听到千金这样说，胡子男坐在了她的左边。

"那就这里吧。"

"哎呀，太高兴了，你居然选了我旁边的位子。"千金捧着脸颊冲他眨眼。

"我也不是想坐在你旁边。离厨房近的两个位子留给女仆和厨子比较好，离入口近的位子应该留给混混先生，那就只剩这个位子了。"

听他一口气说完，千金的脸色冷了下来，说："胡子男，你还是别说话了。"

"嗯？为什么？"

"难得长了一张帅脸，结果是个死直男。"

他好像得罪人了。千金抱着胳膊，扭过脸去。胡子男没再开口解释，只是微微点头，然后转向小包，问："小包，你看的是今天的报纸吗？"

"嗯，对啊。我已经看完了。你要看吗？"

"要看，谢谢。"

他接过递来的报纸，立刻展开。报纸上只刊载了宅邸里连环杀人案的报道，其余部分都是空白。但版面布局和普通报纸一样，以小字号分段排版，右上角是《每时新闻》的标题，上方报道栏外标有"二〇一九年七月二十日晚八时号"的日期和时间。

看报纸时，小包愣愣地问他："胡子男，你看了所有的报纸吗？"

他一边快速阅读文字，一边回答："嗯，之前的报纸我都看了，也就大概十天的量。"

"太厉害了，我只看了来这里之后的。"

"这也够了，需要的信息在最新的报纸上都有。"

昨天和大家见过面后，他先去宅邸附近散了步。正如其他人所说，这里曾是一座小小的无人岛。证实大家的说法后，大部分时间他都待在房间里看报纸。

《每时新闻》——正如标题所说，这是一份以小时为周期发行的报纸，但只会在每天清晨六点送到这个世界。报道都是关于连环杀人案的，每期内容都差不多，只比上一期增加了些许信息。最早的"二〇一九年七月二十日上午九时号"中只写到餐厅老板发现屋内有人倒在沙发上。而今天的最新一期中，写到警方发现了六具尸体。

"……果然是因为时间流速不同。"

他一边说着，一边把报纸扔到桌上。小包和千金开口询问："什么意思？"

他将胳膊肘支在桌子上，告诉两人他注意到的事情。

"报纸上的日期一直都是七月二十日。从发行时间来看，笔者是在跟踪报道这个案件。但天国已经过去好几天了。我猜，现世的一小时就相当于天国的一天。"

这个想法虽然离谱，但在这个世界也不是没有可能。

小包和千金或许也是这么想的，边思索边频频点头。

"不知什么时候报纸上会刊登凶手的名字……"千金自言自语。

他说出了自己的想法："应该会，但凶杀案需要调查多久呢？快则数日，慢则数年。一想到这里的时间流速是现世的二十四分之一，我就感到心神不宁。再说我们连自己的真名都不记得，就算登出了凶手的名字，也找不出凶手，查不出真相吧？"

千金一脸不悦地沉默了。

胡子男清了清嗓子掩饰尴尬，换了个话题："对了，这篇文章不像是新闻报道，更像是报告文学。"

小包一脸认真地问："新闻报道和报告文学有什么区别？"

"你这么问，我也解释不清楚……"

胡子男原本只是想闲聊，没想到把气氛搞成了这样。一个声音打破了这一尴尬局面。

"报告文学在法语里是现场报道的意思。"说话的是混混，他刚进餐厅，坐到了胡子男对面的座位上，然后继续说，"一般的新闻报道都包含着某种观点，大多是谴责权力和社会上的罪恶，报告文学则更注重客观性。而且，报纸上也常常刊登报告文学。"

"原来如此。混混你居然还挺博学啊。"

"把'居然'去掉。"

他的语气蔫蔫的。小包察觉到了这一点，担忧地开口询问："混混，你哪里不舒服吗？"

"身体没事，只是做了一个噩梦。"

"什么噩梦？"

"窗外倾盆大雨，我一个人在漆黑的房间里……"

大家等他继续往下说，但他一直没开口。于是胡子男问道："然后呢？"

"没有然后了。"

"这有什么可怕的。"

"啊？当然可怕啊！倾盆大雨！漆黑的房间！"

混混似乎胆子很小。当然，这话不能跟本人说。他正在想该怎么回答，隔壁房间的门开了。

"很抱歉打扰大家的兴致了，该吃饭了。"

女仆推着餐车进来了，身后跟着厨子。两人在餐桌上摆上餐盘。周围传来轻微的叹息声。

面前的白色餐盘中盛着看不出是什么的东西。

厨子挺直腰板说："今天的早餐是培根煎蛋。"

眼前的东西怎么看都不像培根煎蛋，圆圆的，黑黑的，像是融化的塑料。

昨天他就有些不好的预感。昨天的午饭和晚饭都是牛排，有些煳，也几乎没有调味，但因为牛肉的品质好，倒也不算难以下咽。不过，今天的早饭实在是有些过分了。

"那个，厨子，是不是煎得有些过头了？"

"抱歉，煎蛋的火候很难把握。"

"难把握？难吗？"他念叨着。

旁边的千金也咕哝了几句："为什么不用煎蛋环呢？"

"煎蛋环是什么？"

"就是做菜时用的圆形模具，在煎荷包蛋时也会用到。"

"哦，没想到这么年轻的小姑娘还懂这个。"

"对了，篮子里的法棍是现成的，很好吃。"女仆坐在了千金的右边，厨子则坐在了小包的左边。

就这样，严肃的早餐开始了。

正如千金所说，餐桌中央的法棍很好吃。胡子男用面包就着可能是培根煎蛋的东西咽入肚中，其他人也是如此。这时，混混语气僵硬地开口道："真好吃，厨子，今天做得也很好吃。"

"啊，谢谢。"

"不，该说谢谢的是我们，谢谢你。大家，加油吃吧。"

混混应该也在逼自己吃下去，面部抽搐不停，还让大家加油。昨天见面时，小包就说混混是心地善良的人，看来没错。

他对天国宅邸的几个住户已经有了大致了解。厨子是否真的是厨师——这个疑问也算一个收获。他也能将现状和报纸的内容对上号了。

胡子男这样想着，开了口："那个，昨天我还不知道报纸的内容，所以没怎么和大家交流。要不趁现在交流吧？正好吃饭的时候大家都在。"

众人一脸严肃。这是因为胡子男的建议还是因为菜的味道，不得而知。但似乎话题还能继续下去。

胡子男深吸一口气，挥舞指挥棒似的挥动叉子说："首先，这个宅子就是报纸上说的天国宅邸吧？被庭园包围的二层木结构宅邸，正宗的西式建筑——这和文章内容相符。其次，二楼还有多间客房，玄关左手边是发现两具男性尸体的会客室。沿着楼梯下的走廊向前，就是发现女性尸体的卧室。女仆，那个卧室应该就是你现在住的房间吧？"

"对，应该是佣人房。"

"嗯，这个宅子和天国宅邸在外观、布局上都是一致的，那么这里就是报纸上所说的案发地点。有人反对吗？"

没人开口。但厨子微微举起了手。

"厨子，你请说。"

胡子男用叉子指向厨子，厨子声音低沉地开口道："倒也不算反对。报纸上说宅邸里没有厨子，可我在这里……"

"的确，根据报纸，参加聚会的六名死者中只有房主的儿子和佣人住在这座宅邸。而且当天的餐食都是送来的，不需要厨子。第一发现人倒是个厨子，但他还活着。可能厨子也是聚会参加者，大家觉得有可能吗？"

其实他觉得厨子不像是位厨师。

"可是，会有人穿着厨师服参加聚会吗？"

"先别管这些细节，我们看起来也不像是会出现在豪华宅邸里的人，又是胡子男，又是混混的。"尽管胡子男这么说，厨子看上去还是有些犹疑。

看他这样，混混插话："厨子，这里应该就是天国宅邸吧？我不是质疑你的身份。这里和报纸上描述的一模一样。而且，和案件有关的报纸会被送到这里，不就更说明这里是天国宅邸吗？"

厨子微微点头，好像放弃挣扎了，说："这样啊，我明白了。"

在混混的催促下，胡子男再次挥动指挥棒说道："那我们就以这里是天国宅邸为前提进行讨论。刚才已经说过了，六名死者中基本已经确定身份的有两人——房主的儿子国泽春斗和佣人。佣人应该是女仆，那国泽春斗是我们当中的哪位呢？"

所有人都只默默思考。于是，胡子男提供了一些思考方向，说："国泽春斗是什么样的人？首先，既然说了是儿子，那就是男性。年龄没有提及，但可以通过父亲国泽秋夫的相关内容推算出来吧。国泽秋夫在一九八七年时是三十九岁。因为不知道他的生日，所以会有一些偏差，他现在应该是七十一岁左右。二十五年前，也就是他在四十六岁的时候离的婚。他应该不是在学生时代结婚的，所以他儿子出生在他二十三岁到四十六岁之间。那么现在国泽春斗可能是几岁呢？来，混混请回答。"

"算了吧，我不擅长这种计算。"

千金代替混混回答："二十五岁到四十八岁之间吧。"

胡子男用叉子指向她说："正确。其实我也没算过，但应该差不多。也就是说，包括我，在座的四位男性都有可能是国泽春斗。那么我来问一下，认为自己是国泽春斗的人，请举手。"

一片寂静，根本没人举手。

"嗯，我想也是。那我换个问题，有人认识国泽春斗的父亲国泽秋夫吗？"

听到他的提问，小包噘着嘴咕哝："大家都失忆了，估计没人知道。"

"是吗……"胡子男看了眼前的菜肴，继续说，"比如，我知道这道菜的名字是培根煎蛋。就算失忆了，语言能力和一般常识还是有的。"

千金打趣道："我不确定这东西能不能叫培根煎蛋。"

胡子男没搭话，继续说道："国泽秋夫是当地的名人。既然那么有名，这里有人认识他也不足为奇吧。"

混混有些不好意思地低下了头。胡子男疑惑地问："怎么了，混混？"

"其实，我认识国泽秋夫。国泽秋夫不只是有名，他还被当成独家新闻王，算是当地的英雄人物。我没想隐瞒这件事，只是以为这种事大家都知道。"

"国泽秋夫是什么样的人？"

"我没有跟他接触的记忆，应该是从媒体上知道他的。他是位留着胡子的老大爷，听说他性格孤僻。"

"案发时，国泽秋夫不在家。他去哪里了？"

"我都说了我跟他不认识，我怎么可能知道！"

"那你认识国泽春斗吗？"

"抱歉，我记不得了。"

胡子男将视线转向其他人，大家都摇了摇头。

对新闻报道的详细调查就先到这里吧。其实他还有更加在意的事情，但说了也没用，那只是毫无根据的推测。比如，他觉得国泽春斗很可疑，但这只是一种直觉。

吃掉最后一块黑色不明物体，胡子男把叉子放在桌子上，两手张开说："那我们来聊聊这个世界吧。"

他没想到自己有一天会一本正经地说出这样的台词。

大家都看了过来。胡子男竖起食指，得意地解释："刚才我跟小包和千金说过了，这个世界的时间流速和现世的不一样。每小时发行一次的报纸，这里只能每天收到一次。大家怎么想？"

"现世的一个小时应该相当于天国的一天。"开口的是女仆。

厨子和混混也点点头，表示赞同。

"啊？你们都知道？"胡子男一脸狼狈。

混混竖起食指，骄傲地解释道："报纸是刊登新消息的地方，时效性是最重要的。这是报社老板的宅邸，不可能送来旧的报纸。从逻辑上推断，送来的肯定是刚印刷出来的新报纸。所以我马上就意识到这里的时间流速和现世的不一样。"

他的语气透露着说教和得意的意味，听着令人生气。胡子男耸耸肩，决定聊下一个话题，说道："那时间流速的问题就到这里。下一个问题，这个世界真的只有我们六个人吗？"

女仆再次回答："是的，我是这么想的。根据报纸内容，死者有六人。"

"或许还有其他人。"

"虽然不能断定，但很显然参加聚会的人数是六人。在现世，案件曝光已经过去了十个小时，搜查工作也在进行中。基本可以肯定，宅子里的死者就是我们六人。"

"我明白了。如果这个世界上只有六个人，那我有些疑惑。"

"什么疑惑？"

胡子男将视线从一脸淡然的女仆身上移开，扫视其他人，说："昨天和今天早上六点左右，我都听到了摩托车的声音，那是谁发出的？"

他提出疑问后，厨子和小包同时开口道："那就像某种报时。""那是一个信号，告诉你报纸送到了。"

胡子男一脸疑惑："啊？什么意思？报时？"

于是，女仆又开口道："每天早上六点，都会听到摩托车的声音，之后就会在信箱里看到报纸。大致就是这样。"

"这种说法你们能接受吗？或许是有人来过呢？"

"但没人看见过人影。"

再问下去也没意义了，没办法证明人不存在，这样下去也只是纸上谈兵。还是不要继续这个话题了。

"我明白了，原来轻便摩托车的声音在天国是常见的声音啊。那我没有问题了，我要说的就是这些。"

胡子男话音刚落，混混就问："说完了吗？最重要的凶手还没说呢。"

"我现在对凶手一无所知，所以没什么好说的。"

"你还真是谨慎，"混混吐出一句，环视四周，压低声音，"喂，凶手是谁？"

小包立刻小声责备道："混混，你别这么问。"

但混混没有生气，而是解释起来："别误会，我没有要谴责凶手的意思，反正我都已经死了。我只是想赶紧知道真相，然后离开这里。不管有没有详细的记忆，自己有没有杀人应该还是知道的，对吧？"

没有人回答。混混歪着头，继续说下去，"我搞不懂，为什么不承认呢？凶手自己也不想待在这里吧？人都杀完了，这个世界上也没有警察，承认了也不会失去什么。自己承认反而还有好处。"

对于这种想法，千金反驳道："自然是会失去的。会失去尊严。如果是我，我可不想被当成杀人犯。"

"千金，你是不是忘了？真相查明后大家就能成佛[1]了。"

"那我也不愿意。我想保持美丽，直到消失前的最后一刻。"

"啊？你在说什么胡话？"

气氛剑拔弩张，胡子男连忙打圆场："凶手也不一定就在我们之中，先不聊这个了吧。小包好像有话要说。"

1　成佛：日本对人死后前往极乐世界的一种说法。——编者注

"啊？我？我有吗？"

"麻烦你总结一下吧。"

"啊，好……"

小包接受了无厘头的要求，用力拍了拍手。

"那大家一起说'谢谢款待'吧。来，一、二!"餐厅里响起了大家"谢谢款待"的声音。

胡子男从没听过这么阴沉的饭后致谢，虽然他只有两天的记忆。

吃完饭，混混就回二楼自己的房间睡觉了。昨晚,他做了一场不能称为噩梦的噩梦,所以没有睡好。千金沏了杯红茶，朝书房走去。女仆和厨子在厨房里收拾餐具。

胡子男本打算让女仆带他参观宅邸，但她看起来很忙，于是他便招呼看着很悠闲的小包:"小包,要一起在宅邸里探险吗？"

"好啊，'探险'这个词我喜欢。"

天国宅邸的房间是围绕着中间的楼梯厅分布的。

一楼南面是门厅，西面是会客室，东面是书房，北面是厨房、配餐间和餐厅。北面的房间前是东西向的走廊，西边走廊上有储藏室和小楼梯，东边走廊上是佣人房和浴室。大致的布局就是这样。

二楼的布局和一楼的相同，南边是大窗户，西边是会客厅和一间大卧室，应该是主人房。东边有两间大卧室，北边有四间小卧室。对了，胡子男住的就是四间小卧室中位于东北角的那一间。

胡子男和小包决定先到发现两具男性尸体的会客室进行探索。他们走进会客室，这是个明亮的房间。

天花板上的照明虽然不是很亮，但南面是一整面玻璃，阳光可以直射进来。也许是想展示自己引以为傲的庭园，所以窗帘敞开着。

房间中央有一张矮桌，一旁面对面放着两张沙发，一张背靠窗户，一张背靠墙壁。

胡子男坐在背靠墙的沙发上，刚一坐下来就感觉屁股陷了进去。

这是一张非常柔软的沙发。乍一看似乎是张三人沙发，但鉴于它是配置在这样的豪华宅邸里的大件家具，应该是两人座的吧。

"啊？你怎么坐下了？"小包问。

"嗯，怎么了？"

"这张沙发就是第一个被发现的死者躺着的地方吧。"

"我现在没有躺，只是靠着。"

女仆说，这座宅邸是真实再现死者死亡的场所。

他大体上同意，但这个说法不太准确。这个宅邸是由共识产生的，而死者们是不可能知道死后的事情的。

"总之，这个地方保留了案发前的状态。"

"啊，原来如此。胡子男，你真聪明，像个侦探。"

"我生前可能就是个侦探。"他轻描淡写地说着，跷起二郎腿，将胳膊搭在扶手上，然后，指着院子嘟囔，"从这个位置，可以清楚地看见庭园……"

第一发现人从外面看到了躺在这张沙发上的尸体，另一具尸体倒在地上看不见。的确，从外面看，地板是个死角。所以从发现第一具尸体到发现第二具尸体，中间间隔了两个小时。

胡子男正在思索，小包语气兴奋地开口说："很有画面感。胡子男，你这个姿势很帅。你不像侦探，更像扮演侦探的演员。嗯，很好看。"

小包用手指比着取景框，朝胡子男看去。

小包没有恶意，但胡子男还是出言阻止："小包先生，现在是推理时间。"

"啊，对不起。你在想事情吗？"

"嗯，我想知道死在这里的是谁。"

"是啊，是谁呢？"

如果他是随口附和，那答案已经很明显了。为了进一步求证，胡子男开口问道："小包，你死在了哪里？"

面对突如其来的问题，小包一脸无措，但还是缓缓开口说："大概是我现在住的客房。一开始我并没有注意到，但待在房间里，我就渐渐想起来了——原来那里就是我被杀的地方。我在客房的床上睡觉的时候被凶手袭击了。"

他捂着喉咙，表情痛苦。

"我也是死在客房里的。这个会客室里有两具男尸，我和小包先生都是死在客房里，那么……"

"嗯，死在这里的是混混和厨子。"

"没错。"

当然，前提是小包说的是真话。

胡子男站起身来，对小包说："待会儿我也会向混混和厨子确认死亡地点。"

这时，一阵尖叫声从楼上传来。

"啊啊啊……"

尖叫声响彻整个宅邸。

小包看向楼上，表情发愣，说："这是混混的声音。"

胡子男深深地点点头，用手指指了指门口："我们走。"

他们出了会客室，来到楼梯厅，千金站在对面的书房门前。她似乎和胡子男他们一样，是听到叫声后跑出来的。

"啊，胡子男。刚才的声音是……"她的声音里带着恐惧。

开门声传来，女仆和厨子从厨房穿过西边的走廊也赶过来了。现在除了混混，五个人齐聚在楼梯厅。

胡子男和另外几人沉默着互相点头示意。

必须去看看发生了什么。

众人一起沿着阶梯上了二楼。北边的四个小房间被当成了客房，自西向东依次是千金、混混、小包、胡子男的房间。胡子男敲了敲混混的房门。

"混混？混混，你没事吧？"

没有回应。胡子男伸手转动把手，门被锁上了。

"我去拿钥匙。"千金说。

女仆阻止了千金，说："我有钥匙。"

女仆拿出一串钥匙，挑出一把，打开了朝里推开的房门。众人屏住了呼吸。从窗户照射进来的阳光清晰地映出了室内的情况。

混混仰面躺在床上，脖子正流出汩汩鲜血。

最先上前的是胡子男。他走进房间，低头看着混混。

混混大睁着眼睛，眼神涣散。

小包随后跑过来，推了推混混的身体。

"混混！混混，你挺住啊！"

"小包，没用的，他一看就是死了。瞳孔张开，呼吸也没了。最重要的是，这种伤怎么救得回来。"

混混的脖颈被深深割开，左侧颈部像是裂开一般大敞着。伤口看着不像刀伤，更像是用斧头一类的工具砍出来的。

"你怎么能这么冷静？"

"我也很慌，所以我告诉自己要冷静下来……"

不要慌，冷静，深呼吸。就是这样，开始你的表演吧，就当自己是个名侦探。

胡子男观察着混混的尸体，嘀咕了一句："不对劲……"

蹲在尸体旁边的小包抬头看向他，问："啊？怎么了？"

"被砍的伤口在脖子侧面，他却是仰面躺着的，还盖着被子。如果是在睡觉的时候被袭击，脖子的正面怎么会没有伤口呢？"

"可能是侧卧的时候被砍的，然后被力道带着成了仰卧的姿势？"

"有可能。可他又是什么时候尖叫的呢？"胡子男自言自语，掀开了被子。

"左手小指受伤了。"

"胡子男，混混本来就没有左手小指。"

"不对，缺失的小指根部流血了。"

"还真是……"

胡子男继续观察，但没有发现其他可疑之处。胡子男拉起被子盖住混混的脸，然后转过身去。

千金、女仆和厨子都不安地看着他。胡子男看着他们，张开双臂提议："先去餐厅吧。"

没有人回应，也没有人点头，但五个人还是朝餐厅走去了。

回到餐厅，所有人都坐在和今早一样的座位上。

当然，混混坐的靠近入口的座位是空着的。

女仆贴心地端来装有冰水的玻璃杯和水壶。胡子男一口气喝光了水，其他人也安静地小口喝水。

沉默中，千金凝视着桌子，用嘶哑的声音说："这到底是怎么回事……"

面对她的疑问，胡子男一边整理思绪，一边表达想法："从现场情况看，混混是清醒地躺在床上时被斧头一类的利器袭击，在防卫时左手受了伤，于是喊出了声，同时，颈部受到致命一击。凶手用被子将尸体盖上，带着凶器逃离现场。这样的推测是否合理？"

"我没问你这个！"

自己好像又惹她不高兴了，胡子男决定暂时闭嘴。一时间，这里变成了一幅静态的画。

这时，餐厅里响起了嘟囔声："到底是谁杀的……"说话的是小包。

"是谁干的……"这是厨子。

"真是的，开什么玩笑……"这是混混。

大家一齐看向餐厅门口。看到站在那里的人，五人不禁大喊出声："混混！"

胡子男惊讶地问道："你刚才没死吗？"

"死了，但我努力活过来了。"

"还有这种设定吗？"

混混一屁股坐在了椅子上。他的脖子上既没有伤口，也没有血迹。

"可恶，是谁杀了我，还用和现世一样的杀人方法……”他抱怨道。

小包问：“你不记得是被谁袭击的吗？”

“可能是睡迷糊了，记忆模模糊糊的。我只知道自己被袭击了。”

“是吗……没事就好。要是死不了，以后大家也能放心了。”

小包露出了和蔼的笑容。

看着他的笑脸，混混语气阴沉地说：“真的能放心吗……”

听他的话，似乎是想到了什么。于是，胡子男连忙开口询问：“你说这话是什么意思？”

“被割喉真的痛得要死——虽说这一点大家都知道，要是一直重复被割喉，真的比死了还要痛苦，简直就是折磨。”

“好像也没错。”

“我们要尽快找到凶手。”

“有什么线索吗？”

混混竖起右手的食指、中指和无名指说：“我记不起凶手的模样了，但这次的事让我明白了三点：

63

首先，为什么凶手没有主动承认？因为他想在这个天国继续杀戮。但凶手或许没料到，人会死而复生。总之，你们几个也有可能被盯上。"他放下了竖起的无名指，"其次，是凶手的动机。在现世杀人，就算想要大家一起死，也有利弊的考虑，例如为了某个人，但在天国就不用考虑利弊了。也就是说，凶手杀人是出于仇怨。或者说，凶手的目的就是让我们痛苦。"他把中指也放下，然后像挥动指挥棒一样摇晃着食指，"最后，也是最重要的，这里是封闭的天国，这次发生的事情不可能是我们以外的人干的，因此凶手的确就在我们之中！"

混混眯着眼睛，逐一扫过围坐在餐桌旁的天国的居民。餐厅内气氛凝重。

就目前看来，混混的推测并无破绽。大家也是这么想的吗？没有人提出反对。但考虑到刚才的情况，在场的人都不可能杀死混混。应该有办法解释这种矛盾才对。

他开始回顾今天发生的事，一点点往前回溯，然后，他找到了突破口。他在醒来时听到了声音，他还是很在意那个声音。胡子男对混混说道："我们以外的人作案的可能性还是有的……"

吃完晚饭后，胡子男决定去女仆的房间看看。敲开佣人房的门，女仆一脸困意地出现在面前。

"请问有什么事？"

"我想找你借个闹钟。"

"闹钟？"

"对，我看你比大家起得都早，以为你有闹钟。"

"有倒是有……"

说着，她转身进屋。胡子男也不好意思一直盯着女生的房间看。"有倒是有？"他重复着女仆的话。

她转过身来，微微低下头说："抱歉，有倒是有，但是固定在桌子上的，好像没法借给你。"

"哦，没事没事，那还有其他的吗？"

"储藏室里可能有，我带你去找找吧。"

"我知道储藏室在哪儿，我自己去就行。晚安。"

储藏室在西边的走廊上，胡子男穿过楼梯厅朝那边走去。

白天他瞄了一眼储藏室，发现里面很大。那里或许叫步入式衣柜更贴切。左边墙上挂着衣架，衣服整齐地挂在上面。其他墙壁上有架子，架子上叠放着几只箱子，像是用来装古董的。

他走到门前时想起储藏室里的样子，发出了一声叹息，看来想在里面找到一个闹钟应该很费劲。他不好意思让女仆喊他起床，可没有闹钟，他又没自信早上能醒来。

"保佑我能快点找到闹钟。"

胡子男幼稚地念叨着，打开门，开了灯。

好在闹钟就放在地板中央。

四

现　象

凌晨五点半，丁零零的闹钟铃声响起。

昨晚找到的闹钟有两个大大的铃铛，是最常见的那种闹钟。要给孩子买闹钟的话，选这种准没错。

胡子男缩在被窝里按停了枕边的闹钟。

他慢吞吞地起身，随意整理了一下仪容，迈步出门。

宅邸大门旁立着一个信箱，小小的，像个鸟巢。信箱是薄薄的金属材质，正面刻有精致的花纹。胡子男先看了看信箱，报纸还没送来。

他环顾周边，想找个藏身的地方。宅邸的阴影里、松林中，或是庭园的花丛间，都是不错的备选地点。但考虑到要抓嫌疑人，还是尽量离信箱近一点吧。

胡子男靠近花丛。他不了解植物，但认得那种花。

那是玫瑰。一朵白色的玫瑰缠绕在塔形支架上，花叶繁茂，有将近一人高，似乎还是花棘较少的品种。他从不知道玫瑰会在夏天盛开，可这里的确很适合躲藏。

胡子男躲进玫瑰花丛，屏住了呼吸。

很快，他听到了目标发出的声音——隐约的引擎声。可以想象，林中穿行着一辆轻便摩托车。那辆摩托车应该是送报纸时常用的半自动挡车型，独特的换挡声嘎嘎作响。

他昨天早上就觉得很可疑。在这个世界里，冰箱里的食物和消耗品等都会自动补充，只有报纸送来时会有摩托车的声音。此外，从报道内容可以明显察觉到笔者的存在。因此，应该是有知道现世情况的人将报纸送了过来——虽说不知道这是在耍什么把戏，但这种猜测比所谓的自然现象更合理。是那个人杀了混混。暂且不谈现世的谋杀案，之前混混被杀不可能是宅邸里的人干的。

摩托车的声音越来越近。虽然他还看不到车，但从声音的强弱来看，应该已经靠近宅邸了。应该快到信箱前了。引擎声越来越大，应该已经到了，他却什么都没看见。

声音在信箱前停止，变为引擎空转的声音，信箱前空无一物。明明什么都没有，他却听到了物品被投进信箱的声音。接着声音又开始移动，没过多久就消失在树林里。

胡子男一时间目瞪口呆。发生了什么？不，什么都没发生。他只听到声音。

胡子男花了好几分钟才回过神来，跑向信箱。他打开信箱，里面有一份报纸。也就是说，伴随着摩托车的声音这一信号，报纸出现了。

"……之前也说过，这是自然现象。"

背后突然传来的声音让胡子男肩膀一抖。他回头一看，身后站着女仆。

"女……女仆，你什么时候来的……"

"我一直都在。我看见您往外走，就在宅子阴影处看看您在做什么。"

女佣笑容有些冷，是在嘲笑他吧。

"你生气了吗？因为我不相信你说的话。"

"不，只是……"

"只是？只是什么？"

"请不要走进庭园的花丛中，会压伤花苗的。"

说完，她转过脸去。胡子男顺着她的视线看去，他之前踩过的地方泥土翻了起来，像是刚松过土一般。那里原本种着植物幼苗。

"啊，对不起。"

"以后请注意，千金小姐和混混先生会很伤心的。"

"怎么突然提到他们？"

"那两位似乎很喜欢这里的花。"

"这样啊，花的确开得很美……"

他再次看向庭园里的花。都是些娇艳的鲜花，的确惹人喜爱。但他还是觉得大多数花本该在春天绽放。

"原来玫瑰是在夏天开花啊。"

"如果是四季开花的品种，那么除了冬天都会开花。"

"原来如此，那朵白玫瑰是四季开花的吗？"

"不，那是只开一季的玫瑰，原本只在春天开放，今年又开了一季。花谢了一次后在夏、秋再次开花的情况的确很少见。"

"再次开花，就像我们一样……"

胡子男嘟囔了一声。女仆目不转睛地盯着他。胡子男有些难为情，连忙补充了一句："我就是觉得我们也是在生命凋零后，在天国绽放了第二次生机。"

女仆表情缓和，盯着白玫瑰说："说起来，混混先生也对着玫瑰说过同样的话。"

"是吗？跟他想法一样，让人有些不情愿。"

"我倒是觉得这个想法很棒，让我深有同感……好了，我们去餐厅吧。饭菜已经准备好了，您要将这里的情况告诉大家吗？"

原本因为鲜花而平静的内心又一下子被拉回了现实。这里只有他们六个人，不存在其他人。

两人走进餐厅，大家都已经来了。

众人的座位和昨天一样，厨子端来餐食后也坐了下来。但没人说话，混混则是抱着胳膊，一脸不悦。

胡子男坐在他对面，瞧着他的脸色，笑着搭话："你今天倒是起得很早啊。"

"我是被你房间的闹钟吵醒的。"

"啊，实在对不起……"

胡子男微微低头道歉，混混的表情却毫无变化。

"先别管这事，胡子男，你没有什么要说的吗？"

"对不起，我来晚了。"

"我不是问这个，今天早上你去调查什么了吧？"

他前一天还信心满满，现在实在很难开口说什么都没查到。

他不自在地挠了挠脖子，女仆一边给大家倒水一边解释："胡子男先生本来是想抓住送报员的，但现在确定了，这人并不存在。大家先趁热吃培根煎蛋吧。"

叹息声四起，不知道是因为胡子男的行为，还是因为那盘培根煎蛋。总之，早餐在沉重的气氛中开始了。

混混大口嚼着那焦黑的不明物体，举着叉子指向胡子男说："现在你同意了吗？凶手就在你们五人之中。"

他是出于好心才早起抓凶手，现在却遭到了指责。

"等等，我们不可能犯案啊。案发现场是密室，而且听到你的尖叫后大家都立刻赶到了楼梯厅。"

"肯定是用了什么把戏。"

"又不是在拍悬疑电影。"

"总之，这个世界只有我们六个人。你明白了吗？"

他再清楚不过，因为就是他去寻找第七人，最后还是会以失败告终。

餐厅里的众人一时陷入沉默，只有叉子和盘子碰撞的轻微声响回荡在偌大的空间里。混混发现大家都不反驳他，语气突然温和起来："抱歉，我被杀了，所以情绪不太好。昨天我也说过，我没有要谴责凶手的意思。被杀后我的态度是差了些，但我的想法没变。凶手应该也有自己的原因……"

"但杀人就是不对的。"

"我知道，胡子男，你先让我说完。"混混说着，摊开了没有小指的左手。

"虽然我失忆了，但看我这副样子，想来生前也不是什么正经人。我也许就是个浑蛋，也许还做了很多遭人怨恨的事情……"

"不，我觉得混混你是个好人。"

"谢谢。但做错事和人品好坏无关，谁都可能因为遵循坚定的信念而走上歪路……"

"是吗？我不太能理解。"

"胡子男，你烦死了，就不能少说两句吗！"胡子男莫名其妙挨了骂。

混混看胡子男不说话了，扫视着大家的表情又开了口："混在其中的凶手，你应该也有自己的苦衷吧？可是我们已经死了，查出真相大家就能成佛了。我们一起逃离这个因留恋尘世而构筑起的世界吧，好吗？"

没人回答。

胡子男也不好泼冷水，于是继续沉默着。

吃完饭后，大多数人回了各自的房间，餐厅里只剩下了胡子男和小包。

胡子男正在沉思，小包挪到他旁边的座位上拍了拍手，问："名侦探在想什么呢？"

"什么名侦探？"

"昨天我们不是一起玩了推理游戏吗？"

"推理游戏，这话说的……"

"别在意这些了。你有什么想法吗？"

听到他的提问，胡子男一边整理思绪，一边说起了事件的大致情况："关于混混被杀一事，听到楼上的尖叫声后，我们来到楼梯厅，此时千金已经站在书房前了。很快，女仆和厨子从西边走廊跑过来。我们五个人一起赶到了混混的房间，发现门上锁了。不可能是我们当中的某个人杀了他……"

听完这话，小包像鸭子似的噘起了嘴，说："可凶手肯定就在我们之中吧？虽然我不愿这样想。"

"嗯……对了，小包，你不怀疑我吗？"

"当时我们都在会客室里，我觉得凶手不可能是你。"

"我也认为你不是凶手。"

"我们还挺合得来的，那就是另外三个人之一了。"

"三个人？准确来说，是一人和两人组吧。当时女仆和厨子在一起。"

"你是说可能有同谋？"

"很有可能。"

胡子男说着打了个响指，指向小包。

小包用手指比了一个取景框，举在眼前。

"很棒，特别帅，像个名侦探。"

"别闹了，我说的你明白了吗？"

"嗯，当然听明白了。"

"如果凶手有两个人，那密室就能轻松解释了，因为女仆手里有钥匙……嗯？不对……"

他回想着事件发生时的情景。当时，在混混的房间前，有人说了一句奇怪的话。

"胡子男，你怎么了？"

"同谋的事情先放一边，还有更可疑的人。"

"更可疑的，那就只剩千金了。"

"对，就是千金。她在混混的房前说要去取钥匙。太奇怪了，她要去哪里拿钥匙？"

"备用钥匙在哪里……"

话音刚落，厨房的门开了。胡子男和小包一齐噤声。

走进餐厅的是女仆，大概是收拾完餐具准备回佣人房间吧。她朝通往楼梯厅的门口走去。胡子男盯着她的动作，等她离开餐厅。但女仆停下脚步，开了口："我给您泡杯茶吧？"

胡子男慌忙挥手拒绝："谢谢，不用了……"

"是吗？需要的话，尽管吩咐。"说着她抬步要走。

胡子男突然想起什么，连忙叫住她："女仆，我想问你一件事。"

"什么事？"

"这个宅子里的钥匙，除了你随身带着的，还有其他备用的吗？"

"各自房间的钥匙，我都交给大家了。"

"我知道，我是问还有没有其他的。"

"这个，为了防止钥匙丢失，还有一串备用钥匙。但是抱歉，我也不知道具体的位置。"

"谢谢，知道这点就足够了。不好意思，突然叫住你。"女仆在门前朝这边鞠了一躬，转身离开了。

房间里只剩下他们两人，但胡子男还是沉默了一阵。他竖起耳朵听着女仆的确走远了，这才小声对小包说："备用钥匙大概在储藏室里。"

"你怎么知道？"

"首先，女仆同样是在失忆的情况下来到宅邸的，但她有钥匙，也就是说，钥匙放在很容易找到的地方。其次，钥匙不可能放在卧房，以防钥匙丢失时备用钥匙被锁在房内。那就只能放在公共区域了，最有可能的地方就是储藏室。"

"如果你猜对了，我给你点赞。"

"我们这就去找，说不定钥匙上还留有最近用过的痕迹。"

两人出了餐厅，走向储藏室。

一路上，胡子男哼小曲一般自言自语："钥匙，钥匙，小钥匙，别害羞，快出来啊。"

小包蹦跶着跟在一旁。

到了储藏室，胡子男马上开门亮灯。暖黄色的灯光照亮了整个房间，在地板上映出光圈。

一串钥匙就躺在光圈中央。

"咦？怎么会在这里……"胡子男嘟囔了一句。小包却兴奋地笑了起来。

"你太厉害了，钥匙真的在这里，而且看来是最近才用过。"

胡子男走近那串钥匙，蹲了下来。

"不对，我昨晚也进来过，当时这里没有钥匙。"

"这么说，是凶手在那之后主动归还了钥匙？"

"主动归还是什么鬼？总之，现在很难判断为什么钥匙会在储藏室的正中央。这算是使用痕迹吗……"

胡子男捡起那串钥匙，面向站在门边的小包，然后指着他身后的墙壁缓缓向前。

"小包，那里有个挂钩。"

门旁边的墙上有一个黄铜挂钩，上面精致地刻着手写体的"KEY"。胡子男把钥匙串挂在了上面。

"这防范意识太弱了。"小包说。

"的确，谁都有可能发现这串钥匙。凶手在现世杀人时，兴许也用了这串钥匙。"

"我们确定有备用钥匙，这也算是件好事。"

"的确，虽然不清楚凶手有没有使用过，但至少知道密室是不成立的。"胡子男有些愕然地说，然后用大拇指指了指门口。

两人朝楼梯厅走去。

楼梯厅位于天国宅邸的中央，是宅子里最宽敞的地方。带天窗的通风口让阳光洒满室内。从玄关往右，也就是东侧，有一个坡度较缓的旋转楼梯，走上去就到了二楼的过道。二楼的过道连接着各个房间，四处还有通风口。从这里可以俯瞰一层的情况，总让人联想到歌剧院的构造。

到了楼梯厅，他们先走上了旋转楼梯，以便从二楼俯瞰整个大厅。接着，胡子男指着各个房间的房门，小声地向小包解释："我们当时是从那个会客室的门口出来的，千金就站在对面的门前。假如她是凶手，那么她在杀死混混后，在我们来到楼梯厅之前就跑下了那个不好走的旋转楼梯。"说到这里，胡子男思前想后，又转向小包补充了一句，"这不可能吧？"

小包罕见地露出认真的神情，扬起了嘴角，说："我可能知道手法是什么了。"

"真的吗？是什么？"

小包将视线投向身后的客房，然后谨慎地说道："杀死混混后，她锁上门，越过扶手垂直向下跳到了一楼，这样就可以缩短时间。"

胡子男低头看着楼下。

"小包，这里挺高的，跳下去搞不好就没命了，至少也会受伤的……"

"重点就在这里。我们是不会死的，就算受了伤也会恢复。她早就发现了这点，所以加以利用，或许努努力就能让伤处好得快些。我觉得值得一试。"

小包投来了期待的目光。

"小包，你不是想让我跳下去吧？"

"我看好你，名侦探。"

"我不要。混混也说了，死的时候疼得要死。"

"我倒觉得是个好主意。"

看他眉头紧锁，胡子男语气沉稳地解释："小包，我觉得这也不太可能。我们听到尖叫声后就出了会客室，虽然说了几句话，但也就几秒钟，最多不过十几秒。在这么短的时间里，砍死混混、给他盖上被子、上锁、把凶器藏起来，然后逃离，就算从这里跳下去也来不及的。"

小包怄气似的噘起了嘴。

"果然不行啊。"

"但我觉得利用这个世界特有的现象，这个想法挺好的。"

他说着，靠在扶手上。说起来，他刚来的时候，混混也是这个姿势。

想到这里，他突然灵光一闪："混混，混混，混混他……"

"你喊那么多次，是爱上他了吗？"

"不，我是在调整思路。会不会是混混说了谎？"

"什么？但混混的确死了。"

"我的意思是，他是自杀的，虽然最终没能死成。"

混混外表看似粗鲁，其实很细腻。他会害怕做噩梦，也会体谅其他人的情绪。他还直言想尽快成佛。想到可能要永远留在这个世界，选择自我了断也并不奇怪。

"可现场没有发现凶器。"

"在这个世界，或许有办法销毁凶器。"

小包一脸疑惑。

胡子男露出自信的笑容，说道："我想先做个实验，我们午饭后再见。到时候我给你看个有趣的东西。"

他一个人朝厨房走去。他要挑选适合做实验的刀具。

厨房里只有厨子，他似乎正在准备午饭，对着意大利面机不知在鼓捣什么。

胡子男笑着道："厨子，我有个请求。"

"什么事，你说。"

"能不能把不用的刀具借给我？我想试试。"

"刀？试什么？"

厨子明显有些害怕。这倒也正常，是胡子男询问的方式不对，但他也不想说得太详细。

"我不会伤害你的，只是想试着处理一下。"

"处……处理？处理谁？"

"不不不，我不是这个意思，就是试试刀的锋利程度什么的。"越描越黑了，还是坦白好了，"其实，我正在思考如何让凶器从杀人现场消失。"他小声解释。

厨子严肃地点点头："……我明白了。这是一个很有意思的实验。"

"我觉得应该会有好结果的，能把刀借给我吗？"

"既然是这样，你就随意选吧。"他指向烹饪台。

胡子男立刻开始物色。他一下子注意到了墙上挂着一把类似砍刀的刀具。那把刀看着十分骇人，与厨房格格不入。厚实的长方形刀刃配上略微弯曲的刀柄。看着那把刀，胡子男的脑袋突然感到一阵刺痛。

"厨子，这把刀是做什么用的？"

"抱歉，我也不太清楚。它一直挂在墙上。"

"这样啊……"

胡子男抵着下巴自言自语。这时，背后传来了声音："那是一把剁骨刀。"

他一回头，只见千金端着茶杯站在那里。

"剁骨刀？这是刀吗？"

"没错。它虽然也被称为斩骨刀或切肉刀，但一般被称为剁骨刀，可以用来切带骨肉，或者处理体形较大的鱼。"

"这样啊……可为什么只有这把刀挂在墙上？"

"其他的刀具都放在烹饪台下面的收纳柜里。但剁骨刀比较大，放不下。所以，刀具厂家都会将剁骨刀设计成适合挂在墙上的样式。"

"原来如此，所以才把它摆得这么显眼……"

这应该就是报纸上说的大刀吧。在现世的谋杀案中，这把剁骨刀应该就是凶器。

"对了，千金，你来厨房做什么？"

"我想添杯茶，女仆不在吗？"

"她已经回房间了。"厨子回答。

"这样啊,那我能自己来吗?"千金说完便径直从柜子里拿出茶叶,泡了一杯红茶。

胡子男看着她的动作,开口说出了心里的疑问:"千金,你是不是太了解这个宅子了?"

"是吗?我已经在这里住了很久,自然就熟悉了。"

"你知道备用钥匙放在哪里吗?"

"备用钥匙?应该是在储藏室里……你……你难道是在怀疑我吗?"

"我现在不怀疑你。"

"现在……胡子男,你还是别说话了。回见。"她挥了挥手,离开了厨房。

屋子里只剩下他和厨子。厨子有些抱歉地开口说:"你需要哪把刀?我该准备午饭了……"

胡子男指着墙上的刀说:"麻烦借我那把刀吧,不过我可能还不了了。"

厨子痛快地点了点头,立刻取下剁骨刀,用厨房纸巾将刀尖裹了起来。胡子男将刀带回了自己的房间。

回房后，胡子男立刻着手做实验。

说是实验，其实就是把刀放进垃圾桶里而已。

在这个世界，一切都会恢复原状。脏衣服会变干净，日常用品会补上，垃圾桶也会清空。

混混是自杀的。他或许是出于自尊心，隐瞒了这一事实。他划伤自己的手，钻进被子里，用小斧子或是剁骨刀那种形状的刀具砍伤了自己的脖子。就在生命即将结束的时候，他把刀扔进了垃圾桶。如此一来，现场就会呈现出他们当时看到的情景。

胡子男将那把裹着厨房纸巾的剁骨刀扔进木制小垃圾桶里。剩下的就是等它消失了。按照经验，如果一直盯着看，垃圾桶就不会发生变化。垃圾桶会在不经意间变空，所以他想还是先离开房间吧。

这么想着，尽管时间有点早，胡子男还是去餐厅吃了午餐。

午餐是黏土状的物体。味道一如既往，但感觉挺养胃的。

吃完一言难尽的食物后，胡子男回到自己的房间查看垃圾桶，然后拿起垃圾桶去隔壁房间找小包。

刚一敲门，小包就从门内探出了头。胡子男朝他喊道："没有消失！"

小包露出了惊恐的表情。

"胡……胡子男，你怎么随身带着个装着刀的垃圾桶？好吓人啊。"

"说来话长了，你要听吗？"

"我听……对了，你刚才说要给我看个有趣的东西，不会就是这个吧？这可没什么意思。"

"你能让我先进屋吗？"

胡子男被请进了屋。小包给胡子男拿来一把椅子，自己则坐在床边。胡子男很不客气地侧坐在椅子上，靠着椅背。

他将事情经过告诉了小包，告诉他为什么自己会抱着垃圾桶一脸悲壮地出现。小包认真地听完后，把视线转向了胡子男带来的垃圾桶，问："会不会得过段时间才会消失？"

"不对，我一起放进去的厨房纸巾已经不见了。"

"或许质地坚硬的东西消失得比较慢？就像不好消化的食物。"

"那么这个凶器消失的手法就不成立了，是我猜错了。仔细想想也对，刀具应该不会消失的。这个世界的变化是以恢复原状为前提的，所以扔进垃圾桶里的消耗品会消失，再补充新的，但是刀具不会消失，应该是这样的。"

"也就是说，混混先生不是自杀？"

"现在看来，是的……"两人一时沉默。

胡子男似是要舒展身体一般，将双臂高高举起，冲着小包说道："我投降！要是凶手自己不说，我还真猜不到真相。"

"你要放弃了吗？"

"对，我放弃了。虽然混混总是念叨这件事，但他也找不出真相来，你随便听听就是了。我去把结果告诉厨子，顺便把剔骨刀还给他。回头见。"

小包虽然一脸不情愿，但似乎也没有更好的办法，所以没有开口，只是目送胡子男离开。

之后，时间一点点过去，但并没有发生什么特别的事情。

夕阳西下，到了晚饭时间。

当所有人都聚集到餐厅时，气氛又变得沉闷起来。单独交谈时大家都表现很自然，但六人齐聚就变得沉默起来。这不仅是因为混混露出一脸烦躁的表情，更重要的是众人都十分戒备。大家并不是在提防着凶手，而是在互相试探，看谁会开口谈及正题，然而大家还是聊着一些鸡毛蒜皮的小事。

"厨子，这个蒸红薯真好吃，口感脆脆的，让人欲罢不能。"

"谢……谢谢。"

气氛还是越来越凝重。

可能是再也忍不下去了，小包挤出不自然的笑容，拍了拍手说："大家别再找什么凶手了，耐心等待记忆恢复吧。不知道我们还要在这里生活多久，氛围总是这样，谁都不好受吧？大家好好相处吧！"

千金兴味索然地调侃："小包先生真厉害啊。"

"因为我是长辈……"

小包的话刚说到一半，混混下定决心似的点了点头，说："小包先生，我也不希望气氛一直这么尴尬，但我认为要继续寻找凶手。我们在这里，就是为了实现愿望。而你也知道，我们的愿望就是弄清真相。这个世界的意义就在于此，我们不能就此放弃。"

　　听到混混的想法，胡子男插嘴道："但是我今天早上也说过了，杀你的凶手不可能是我们。今天一整天，我想了很多办法，但实在找不到凶手。"

　　"不，其实我有怀疑的人……"

　　所有人都看向混混。

　　看到大家的目光都聚集在他身上，混混缓缓开口："有一个人，我一直觉得他很可疑。或者应该说，我在等他认罪。事到如今，我也没办法了……"

　　"你的意思是，你知道凶手的犯罪手法了？"

　　"我不知道。"

　　"那你怎么……"

　　"胡子男，你太过拘泥于发生在天国的杀人案了。你好好想想，现世的凶手和天国的凶手很有可能是同一个人，你同意吧？那我们只要找到现世的凶手就行了。"

"那起事件的线索不是更少吗？"

"你听我说，这里是天国，俗话说就是来世。我们死后就会立刻来到这里，对吧？我一开始就认定某人是凶手。我们是按照死亡的顺序来到这个世界的。也就是说，最后一个来的就是凶手。"他看向胡子男，胡子男慌忙挥手否认。

"等等，真相怎么可能这么简单？"

"胡子男，现在不是在拍悬疑电影，现实的真相就是这么简单……"混混叹了口气，双肘抵着桌子继续说道，"隐藏在我们之中的凶手啊，你应该也有自己的苦衷吧？你放心，我不会责怪你的，自己站出来吧。"

"你是在说我吗？"

"别这么慌张，我不会生气的。"

"你肯定会生气的，你脾气这么暴躁。"

"我不是说了不生气吗！"

"你看，你看。再说了，你被杀的时候，我和小包在会客室。"

胡子男看向小包，希望他替自己说句话。但还没等小包开口，混混就又开了口："我猜，当时应该是胡子男邀请你去会客室的吧，对吗？"

被这么一问，小包眼神飘忽，结结巴巴地回答："的确是胡子男邀请我一起去调查……"

混混露出了得意的神情。

"我说得没错吧，你被他利用了，替他做了不在场证明。胡子男，你设下了某种杀人诡计之后，故意邀请了小包。"

"某种诡计，你倒是说清楚是什么诡计。"

"比如用了闹钟——不知道为什么只有你有闹钟。你可以用闹钟设定好时间，让凶器射出来杀人，或者播放尖叫声的录音。你是不是就是利用闹钟设下了诡计？"

"你说什么呢！我是昨晚才拿到闹钟的，对吧，女仆？"

他向女仆求证，女仆却神情古怪地说："昨晚我一直观察着胡子男的举动。他好像早就知道闹钟在哪里似的，径直从储藏室里取出了闹钟。"

"等等，女仆，不是这样的。"

小包又突然开腔："说起来，胡子男在储藏室里找到备用钥匙的过程也挺古怪的……"

"小包，你怎么能这么说？"

混混越来越自信，挺直了身子继续问："千金和厨子有没有看到胡子男有什么可疑行为？"

千金和厨子立马分别开口："他想把罪责推给我。""他说了些毛骨悚然的话，还来找我借刀。"

"不是吧，你们怎么能这么说？！"

混混指着胡子男喊道："放弃挣扎吧。最后来到这个世界的家伙不就是凶手吗？"

胡子男拼命摇头说："不是我，真的不是我。"

但混混根本不理会，故意长叹一声又说："隐藏其中的凶手啊，你真的很恶趣味，用和现世相同的方法又杀了我一次。"

胡子男大脑飞速运转。他如果不能有力地反驳混混，就会被当成凶手。最坏的结局是，他会被屈打成招。

胡子男双手猛拍桌子，大喊道："不可能！"

四周一片安静，他也一下子冷静下来。他虽然只是一时愤怒开口反驳，但仔细想想，混混的说法的确存在漏洞。

混混眼神挑衅，说："什么不可能？"

胡子男竖起食指，语气坚定地说："混混觉得我是凶手，因为他认为我们是按照死亡的顺序来到这个世界的，但这是不可能的。"

"你是什么意思？"混混眯起了眼睛。其他人则保持沉默。

"我先整理一下我们来到这个世界的顺序。首先，女仆是十二天前来的，对吗？"胡子男说着看向女仆。

"是的，但我跟您说过吗？"

"女仆你说你独自发现了这个世界的秘密，并告诉了其他人。也就是说，你是第一个来的。最早的一份《每时新闻》是七月二十日上午九时号，而今天的是晚上九时号，所以我推测女仆是十二天前来的。那么下一个是谁呢？"

厨子畏缩地举手说："我好像是两天后来的。"

女仆和厨子对视，确认般地互相点头示意。

"下一个是我，应该是厨子来的四天后。"千金说。

接着混混开口："下一个是我吧。好像是在千金来的两天后。过了一天，小包来了……"

胡子男接过话头说："再过一天，我就来了。我总结一下，来到这个世界的顺序是：女仆、厨子、千金、混混、小包，最后是我。混混认为这是我们死亡的顺序。那混混我问你，你说你被杀的方式和现世的一样。你在现世被杀时也抵抗过凶手吗？"

"嗯，对，我用左手去挡刀。"

"那你当时也尖叫了对吧？"

混混一时无言，疑惑地点了点头："嗯，我应该是想吓住凶手，所以叫了一声。"

胡子男扬起了嘴角，说："那就奇怪了。这栋宅子的隔音很差，我房间的闹钟声都能传到隔壁混混的房间。而且混混的叫声很大，响彻整个宅子。其他人怎么可能毫无知觉，在尖叫声中继续酣睡呢？"

终于明白他的意思的混混立即反驳："说不定是被下了药，昏睡过去了呢？"

"那也不可能。如果是被下了药，就不应该有被杀时的记忆。而且，混混你当时是醒着的吧？你可能不信，但我也是清醒时被袭击的。不可能只有小包一个人被下了药。总而言之，我们死亡的顺序和来到这个世界的顺序无关，至多只和大家的反抗程度有关。我同意凶手是最后死的，但如果按照混混的说法，最后被杀的不是小包，而是你。"

混混一时语塞，但依旧没有松口的意思，说道："胡子男，小包是什么时候把他死时的情形告诉你的？你又有什么证据证明这就是事实？小包可能是在说谎，又或者是他记错了呢？"混混死死地瞪着小包。面对突如其来的指责，小包一时不知所措。

胡子男回应了他的质疑："我是昨天从小包那里听说他死时的情形的。他恢复记忆的过程和我十分相似，所以我判断他并未说谎。不过，的确不能排除记错的可能性。小包，你怎么想？"

小包的视线在胡子男和混混的脸上来回逡巡。

"什么？你……你们是在怪我吗？"

胡子男和混混同时指向小包，开口问道："小包，你是怎么被杀的？"

小包恐惧地捂住耳朵，紧闭着双眼，说："那天外面下着雨，室内阴沉沉的，我没什么事情可做，就想着早点上床睡觉。在睡梦中，我感觉胸口很沉。然后，我就醒了……"所有人都听得入神，小包继续说，"我看到眼前有个人影，真的只能看到是个人影，看不清对方的脸。我当时仰面躺着，那个影子整个压在我身上。左手压在我的胸前，右手……对了，右手拿着刀。然后他举起了右手，下一瞬间……"

"咕噜……"一阵黏糊的声音传来。小包嘴里涌出了大量的鲜血，喉咙上还出现了笔直的裂口。裂口逐渐变粗、变深，脖子上的肉一点点翻了出来，血液啪嗒啪嗒地滴落在地上。小包从椅子上滚下来，倒在了地板上。

千金尖叫起来，女仆和厨子浑身颤抖。胡子男和混混蹲在倒地的小包身旁喊道："振作点！小包，坚持住！"

他们摇晃着小包的身体。紧接着，小包就仿佛无事发生般坐了起来。

"我应该就是睡觉时被袭击的。"

"先别说这个了。小包先生，你死了？"

"应该是吧，我也吓了一跳。"

他那不痛不痒的表情，令人不禁失笑。胡子男站起身来捧腹大笑，笑完开口说道："真是无聊的真相。"

女仆扭过头来问："什么意思？"

胡子男冲小包伸出手，将他拉起来坐回椅子上，混混也回到了座位上。看到所有人都冷静地坐好，胡子男这才踱着步缓缓解释："刚来这里的时候，为了恢复记忆，我闭着眼睛拼命回忆被杀的瞬间，结果脖子突然一疼，还流了些血。我当时以为是伤口还没完全愈合。但是现在想来，这是不可能的。在这个世界，伤口很快就会愈合。那当时究竟是怎么回事呢？看看现在的小包，大家应该都明白了吧？"

他扫过五人的脸，大家似乎都在沉思。他竖起食指继续说："在这个世界，简单来说，我们的身体状态依赖于精神状态，只要集中精神就能重新活过来；反之亦然。拼命思考死亡时，我们就会死去。"

胡子男看到大家似乎逐渐接受了他的说法，微微一笑，继续说："回到混混死亡一事上。混混说他昨天早上做了个噩梦，梦到自己在倾盆大雨中独自待在阴暗的房间里。所谓的倾盆大雨，应该就是我们在现世中被杀时的情景。虽然不想这么说，但混混有他细腻的一面。我猜他可能是被现状搞得精神疲惫，因此梦见了被杀时的情景。他吃完早饭回房后，又继续做了同样的梦，梦见了被杀的那一刻。于是，混混的脖子就被砍断了，而杀死混混的凶手就是那个噩梦。"

混混一脸狼狈地嘟囔："噩梦？怎么可能……"

胡子男指着混混说："那我问你，你在这里被杀时，房间里是明亮的还是昏暗的？"

混混睁着没有对焦的眼睛，不自觉地开口："是……暗的……"

胡子男乘胜追击："怎么可能呢？虽然你的房间在北边，但光线可以透过窗户照进去，屋内是明亮的。如果被杀时房间里是昏暗的，那就不是发生在天国的事，而是在噩梦中发生的。"

没有人开口反驳。胡子男看着所有人的表情，张开双手平静地问："大家有异议吗？"餐厅内一片寂静。

过了一会儿，混混低下了头。

"对……对不起。虽然我还没完全搞懂，但我好像的确做了一个噩梦。对不起，给你们添麻烦了……"

坐在他旁边的小包露出和蔼可亲的笑容。

"没事，误会已经解开了。我觉得这里没人会杀人的。"

胡子男心情复杂。他把视线转向其他人时，发现众人脸色沉郁，或许心情跟他一样，但也没人开口聊什么闲话。

小包用力拍了拍手说："好了，大家今后要好好相处。"然后用手指比着取景框，看向胡子男，"……不过，胡子男真的很像一位名侦探。"

胡子男耸耸肩，说："我只是在扮演侦探的角色而已。对了，你经常摆出这个姿势，说不定你生前是一名摄影师……"

"摄影师……你说这个？"

他做了个按快门的动作，思索着说道："我觉得我不是摄影师，我更想拍摄影像……对了，我想拍电影来着，拍电影。"

混混声音温和地低声呢喃："这里是能实现愿望的世界，有没有什么办法呢？"

胡子男转向女仆问："女仆，宅子里没有摄像机吗？"

"没有，宅子里连电视都没有。"

听到回答的小包神色黯然，说："好可惜啊，要是有摄像机就好了……"

就在这时，某处突然传来"砰"的一声，似乎是物品倒下的声音。六人都屏住了呼吸。还有其他人吗？这个想法在众人的心头升腾而起。

厨子弓着背低声说："是从储藏室那边传来的。"

大家一齐点头，很有默契地前往查看。六人小心翼翼地穿过楼梯厅，来到储藏室前，然后轻轻地开门、开灯。

储藏室中央有一台摄像机和倒下的三脚架。

五

悠 闲 的 时 间

胡子男独自仰望着天空。

"为什么凶手会使用那种凶器呢……"

现世中的杀人凶器肯定是剐骨刀。凶手应该就是用那把形似柴刀的利器砍向胡子男和混混的脖颈的。可为什么要选择那把刀？如果只是要杀人，菜刀等普通刀具会更加趁手，也更容易刺入对方的胸腹。或许凶手的目的就是砍开脖子，所以才特地去厨房取了剐骨刀？那把刀放在那么显眼的地方，应该立马就能找到。

"不对，顺序反了。他是为了杀人才……"

他正嘀咕着，耳边传来声音。

"发现浮尸。"

那是千金的声音。她双手叉腰，俯视着胡子男。她身着一件荧光橙色的比基尼。

胡子男他们正在海边玩。

"浮尸是指我吗？你这比喻也太过分了。"

他仰面躺在充气垫上，刚才还在海面上慢悠悠地漂着，大约是想事情的时候漂到了岸边。

"胡子男，好不容易来一次海边，就先别想杀人的事了。"

"话是这么说，但我们的愿望……"

"啊，我不听，我不听。我们今天不是来玩的吗？"

的确，大家说好今天只是来海边玩的。

事情要从昨晚说起。

混混被杀一事解决后，小包想要一台摄像机。而大家来到储藏室后，真的看到了摄像机。胡子男想起之前发现闹钟和钥匙的情景，猜想储藏室能变出大家想要的物品。他在楼梯厅把这个想法告诉大家后，混混立刻走到储藏室门口双手合十，一副向佛祖许愿的姿势，说："请给我钢笔。"当然，他的愿望实现了。他打开储藏室的门，伸手开灯，就看到同样躺在地板中央、已经灌满墨水的黑色钢笔。

这里真的是能实现愿望的世界。但如果放任欲望，毫无节制地索取，宅子大概很快就会被各种物品塞满。因此，大家讨论决定，要在征得所有人同意的前提下获取急需的物品。而他们又得出了一个结论：现在最需要的是——泳衣。

参与讨论的 H 先生的证词："这里是被美丽的大海包围的孤岛，没有人不想游泳吧。"

参加讨论的 Q 小姐的证词："天国宅邸不是建在海边的疗养地吗？我们应该物尽其用啊。"

参加讨论的 X 先生的证词："我想拍一些好看的画面，我需要一些性感的元素。"

虽然制定了规矩，但大家还是流露出了欲望。

胡子男虽然对泳衣的必要性持有怀疑，但也不想揪着这点小事不放，所以并没有提出异议。可当他们打开宝箱——不，是打开门时——发现里面不仅有泳衣，还有救生圈、沙滩球、充气垫，甚至还有帆布椅和沙滩遮阳伞等海边出游全家桶。要想知道究竟是谁要了这些，简直比抓到杀人凶手还难。就算知道是谁，他们也不知道如何将这些东西再塞回虚空之中，最后只好决定明天带着这些东西去海边玩。

胡子男、千金、小包、混混四人吃完早饭就来到了海边。女仆和厨子留在宅子里收拾餐具。

胡子男躺在充气垫上再次仰望天空。

"玩耍的愿望实现了。现在想想，事发那天下着大雨，这里却总是晴天。难道这也是我们的愿望吗？"

站在一旁的千金也仰望着天空，说："是啊，大家渴望晴天的共同愿望创造了这片天空。"

随即，她将手举起，似乎是被阳光晃了眼。

有人将镜头对准了她。这人自然是小包。

"千金也很上镜啊，不比胡子男差。"

虽然他手里的摄像机只是业余的小型机器，但正如小包所说，这一机型有 4K 的高清晰度且色域很广。用作业余视频拍摄，这样的性能已经足够了。千金双手背在脑后，朝摄像机摆出姿势。

"电影的主角是我吗？"

胡子男抬头看她，心不在焉地开口："千金的泳装很像以前的写真偶像会穿的款式，比如啤酒海报上的女郎。没想到还真有人会穿成这样啊。"

她放下胳膊，皱起了眉头说："胡子男，你怎么说话这么气人？这是你的独门绝技吗？你有气人专业八级证书吗？"

"抱歉，但你也不遑多让吧！"

"行了行了，你们俩别吵了。混混又要挑战了，我们去支持他一下。"

说着，小包将镜头转向海面。混混站在冲浪板上，双腿抖得像是刚出生的小羊。

混混指着这边喊："喂！大家快看，这次我肯定……"

咕噜噜……他被海浪吞没了。

胡子男惊讶地问："冲浪是那样的吗？"

"可能因为天气太热，所以改潜水了吧。"千金回答。

不一会儿，混混抱着冲浪板跑了过来，说："喂，你们怎么满脸不情愿的样子？再卖力点帮我加油啊，你们不是说我是冲浪选手吗？"

胡子男转身趴着，撑着手肘抬起头来说："我们也没有说肯定是，只是从你的外表来推测你的职业。"

"没错，你看起来就像冲浪选手，比如发型什么的。"

混混一脸"我不相信"的表情。

小包笑着安慰他："放心吧，混混。我拍到了不错的镜头。"

这句话似乎是在火上浇油，混混的脸色越发难看。

"这次，我一定要让你们看到我的英姿。小包，给我好好拍。"

混混离开了。小包也跟着他走了。

四周安静下来，千金望着远方喃喃道："啊，是女仆和厨子……"

顺着她的视线看去，两人正沿着碎石小路朝这边走来。

"没想到啊，我还以为他们不会来海边呢。"

说着，千金躺在胡子男身边，凑近他的脸小声道："你觉不觉得那两个人有猫腻？"

　　"猫腻？你是说他们是同谋？"

　　"不是，你说到哪里去了？我是说，他们两个人总是在一起，是不是在交往？"

　　"交往？！可是我们才来这里一两个星期吧。"

　　"生前呢？说不定他们生前是恋人呢？"

　　"啊，那有可能……"

　　说到这里，他突然想起来了。

　　"说起生前，千金你是不是天国宅邸的住户啊？我总觉得你对这里太了解了。"

　　"我吗？胡子男，天国宅邸只有三个住户吧——户主国泽秋夫和儿子春斗，还有女佣。我怎么可能住在这里？"

　　"你是媒体都不知道的私生女。你想，春斗可能已经四十多岁了，有个千金你这样十几岁的女儿也不出奇。"

　　"这么说的话，从年龄上看，我的父亲就是小包了。我不要。"

"为什么？小包人很好啊。"

"我知道他是个好人，但他有点缺根筋……"

千金的话说到一半，一个声音从头顶飘下："两人躺在一张垫子上，两位关系很好啊。"

女仆不知什么时候抱着保温箱站在了不远处。

胡子男连忙起身解释："没有没有，我们关系很差，差到令人发指。"

女仆微微一笑，将保温箱放在沙滩椅旁边。

"我给各位端来了冷饮，大家请慢用。"

"啊，谢谢……"

他盯着女仆的动作。她穿着带花边的黑色分体式泳衣。她平时穿着女仆装，给人一种纤弱的感觉，穿上泳装却略显丰满，虽然算不上身材姣好，但颇有女人味。然而……

"女仆，你怎么还戴着女仆头饰呢？"

她面露诧异的神色，伸手摸上头顶。

"你是说这个白色发带吗？"

"这个叫发带啊，我不太懂。可你为什么还戴着呢？"

"算是一种身份认同吧。我觉得这是我作为女仆的身份象征，不能摘下来。"

他虽然不太理解，但还是似懂非懂地点了点头，接着把视线转向厨子，问："厨子你也是出于这个原因吗？"

厨子穿了一件平角泳裤。与其他男性的宽松沙滩裤不同，只有他穿了一件紧身泳裤，头上戴着一顶厨师帽。

"对我来说，厨师帽是我的骄傲。"

"我明白了。"

他虽然嘴上这么说，但心里实在无法理解。胡子男再次转向女仆，看着她违和的打扮。

这时，千金开口道："不许色眯眯地看着女仆，女仆是我的。"她从后面环住女仆。女仆则一脸淡然。

"我怎么不知道你们关系这么好？"

"因为女仆很可爱啊。所以，她是我的。"千金用挑衅的眼神看着他。

听到这话，厨子突然开口："不，女仆是我的。"

空气瞬间凝固了。

胡子男故作夸张地笑道："哈哈哈，厨子你真会开玩笑……"

"不，我没有开玩笑。女仆是最优秀的侍者，她一直支持着我。她是我必不可少的工作伙伴。"

"啊，原来你是这个意思啊，吓了我一跳。"

胡子男和千金交换一个眼神，轻轻耸了耸肩。女仆神情坦然地向厨子鞠躬致谢。

这时，远处传来了混混的声音。

"啊啊啊……"

大家都将视线转向那边。女仆嘀咕道："那是在干什么？"

"大概是冲浪。"

不一会儿，混混又抱着冲浪板跑了过来，说："看到了吗，我进步了一点！"

胡子男一脸敷衍地回答："啊，对不起，我只看到你掉进海里的样子。还有，你不用每次都跑过来汇报。"

"啊？闭嘴吧你！"

混混骂完，环顾四周，调整呼吸继续说道："好了，六个人都齐了，那就打三对三沙滩排球吧。输了的人做午饭，怎么样？"

结果就是输得很惨。

胡子男、女仆和厨子一队，混混、千金和小包一队。对面是两个三十多岁的男性和一个十来岁的女生。相比之下，胡子男这边都是二十几岁的年轻人。考虑到体力问题，他认为己方是有利的。然而，出人意料的是，年龄最大且身材圆润的小包行动却格外敏捷。在先得二十一分为胜的单局比赛中，胡子男一队几乎没能拿到什么分就输了。

胜出的一队决定，午餐吃些海边常售的垃圾食品。

下厨的不是厨子，而是储藏室。

"那我去拿吃的。"

胡子男说完，起身就要朝宅邸走去。平时都是女仆和厨子做家务，今天也该让他们休息一下了。

然而，混混干了件不应该干的事情。

"抱歉，我太想喝啤酒了，储藏室里现在应该会有很多啤酒。我不是故意的，只是忍不住对着储藏室许了愿……"

听到这话，女仆走上前来说："东西比较多，我也一起去拿吧。"

接着，厨子也举起手回应："那我也一起去。"

既然这样，那就输掉的队伍一起去吧。胡子男正这样想着，女仆冷着脸看向厨子："不用，两个人就够了。厨子您还是在海边休息吧。"厨子的脸上闪过一丝困惑，但很快又露出了温和的笑容，说："啊，这样啊，那我就恭敬不如从命了……"

于是，胡子男和女仆一起朝宅邸走去。

走在碎石路上，女仆沉默无言。胡子男悄悄瞄向女仆，她的神情一如既往地冷淡，看不出心里在想些什么。

感觉气氛有些尴尬，胡子男试图找点话题："我还以为女仆你不会来海边呢，更别说打沙滩排球了。"

女仆目不斜视地说："为什么会这样认为？我也会有休闲活动。"

"这倒也是，就是感觉……"气氛越发尴尬，两人又陷入了沉默。

快走到宅邸时，胡子男再次鼓起勇气向女仆搭话："对了，你刚才为什么不让厨子一起来？"

"我刚才也说了，我觉得两个人就足够了。"

胡子男指着女仆，直白地问："仅此而已？"

"你这话是什么意思？"

"你总是和厨子在一起，搬东西也应该一起才是。你们吵架了吗？"

"没有，我平常和厨子在一起，是因为担心他工作做不好。如果他不需要我的帮忙，我也不会和他待在一起。"

确实，要是任由厨子胡来，他可能会把厨房烧着。

"这倒也是，但是……"

"但是？"

女仆转过身来，歪着头看他，眼神里带着探究。

他说错话了，但也没必要刻意隐瞒，于是他决定将刚才与千金的谈话内容告诉女仆。

"其实，我和千金猜测过大家生前的情况。我们猜你和厨子在生前可能是情侣。"

她只思考了一瞬，然后盯着胡子男说："不可能。"

"你很肯定啊。"

"是的，我对他不感兴趣，倒是……"说着，女仆突然一把抱住了他。

"喂，你在干什么？"

在松林的草木香气和庭园的玫瑰香交织的氛围中，他能感受到胸膛滚烫的体温。与此同时，他脑海的角落中浮现出一种可能性——或许生前与女仆交往的是自己。

这只是毫无根据的妄想，又或者是接受对方拥抱的一个理由。他抬手想回抱住女仆，却被狠狠推开了。她只是在捉弄我，胡子男这样想着，看向女仆。

女仆脸上带着明显的惊慌，嘴唇颤抖地小声嗫嚅："你是谁……"

"啊？现在才问这个吗？"

胡子男下意识反问，但女仆只是垂下眼睛，摇了摇头说："不对，有什么地方，不对……"

她浑身颤抖，胡子男抓住她的双肩。

"你没事吧，女仆？"

女仆冷静了一些，直起身来低头道歉："对不起，是我记混了……对不起。我感觉不太舒服，就先回房了。麻烦告诉大家一声。"

"啊，好，我知道了。午饭就交给我吧，你好好休息。"

女仆后退一步，双手放在小腹前，再次深深鞠躬，接着就朝宅邸跑去了。

最后还是胡子男自己搬运食物。

打开储藏室的门，里面放着大量的泡面、袋装咖喱和零食，还堆着几个装满罐装啤酒的纸箱。许的愿有些过分了，六个人可吃不了这么多。他虽然心里这么想，但挑选众人爱吃的食物太麻烦，干脆把所有东西都搬到了小推车上。

回到海边，胡子男受到了鼓掌欢迎。只有厨子一脸担心地询问女仆去哪儿了。胡子男简单解释："女仆好像身体不太舒服，先回房间了。"

这让原本热闹的气氛出现了些许阴郁。

小包和千金嘀咕道："在天国也会有不舒服的时候啊。"

"我们很容易受到精神的影响，身体可能更容易不舒服。"

这么解释倒也有道理。仅仅回想死亡时的情景就会再次死亡，因此在这个世界，控制自身的精神比预防事故和疾病更重要。

"我有些担心，过去看看。"厨子开口道。

听到这话，千金有些茫然，说："你一个男人去，看了也没什么用，我去吧。"

她披上轻薄的连帽衫，朝宅邸走去。

海边只剩下了男人们，一时间安静得有些尴尬。这时，混混提议："我们吃完饭就回去吧！"

大家都沉默着点头。

返回宅邸后，胡子男回了自己的房间。

他三两下换好衣服，在床上躺下。他刚在海里待了一阵子，本想洗个澡，但身体似乎已经恢复了洁净，毫无黏腻的感觉，也没有海水的咸味，但女仆的触感仍然残留着。

他回想着和女仆之间发生的事。她刚才的言行究竟是何用意？有可能他和女仆在生前发生过什么，但他什么都记不起来了。他闭眼思索，希望找到一些线索，唤醒沉睡的记忆。

或许是因为一大早就在海边玩耍，很快他便昏昏欲睡。

半梦半醒间，他看见两个一身纯白的人。两人幸福地笑着，四周一片掌声。

接着，画面出现噪点，场景变成了一个昏暗的房间。烛台式样的壁灯逐渐映出一个人影。那是倒映在镜子中的人，有着一张熟悉的脸。他对那人提出疑问。

于是，他得到了回复。

——为了一个小小的祝福。

那人手里握着一把闪着寒光的剔骨刀。

他听到一阵敲门声。胡子男睁开眼，猛地坐起身来。

"好痛……"

他的喉咙似乎裂开了个小口子，轻轻一咳，血腥味就在口腔中蔓延开来。

敲门声再次传来，这声音似乎不在梦里。胡子男起身开门，门外站着小包。

"啊，胡子男，你睡了吗？对不起，好像把你吵醒了。"

"不，多亏了你。我做了个奇怪的梦，差点被割喉。"

"那我是你的救命恩人。"小包笑着说。

"你找我什么事？"

"混混和厨子正在储藏室做实验。我猜你应该也想参加，就来叫你了。"

胡子男心不在焉地点点头，跟着小包出门了。

来到储藏室门前，他就发现里面塞满了各种东西：电视机、冰箱、电动车、白板、几本书、西瓜和苹果。这些东西随意地堆在地上。

"这……这是怎么回事？"

胡子男咕哝了一句，在笔记本上记着什么的混混转过身来，骄傲一笑。

"胡子男你也来了。我们大致上摸清储藏室的特点了。"

"什么特点，你们还是先想想怎么处理这些东西吧。不是说好不能随意许愿吗？你们弄得这么乱，女仆会生气的。"

"这是为了实验而做出的牺牲。我一直在寻找查明真相的方法。"

"那这有帮助吗？"胡子男有些发愣地问。

混混面露尴尬地说："暂时还没有。但你先听我说。"

混混看向笔记本。根据他的说法，储藏室的特点如下——

一、无法变出体积过大的东西。最大体积参考门的尺寸。储藏室出现了摩托车和冰箱，但是没有出现汽车和预制房屋。

二、无法变出不存在的东西。比如能贯穿一切的矛和时间机器等。因此，他们无法通过未来的报纸了解真相。

三、无法变出不认识或不熟悉的东西。比如凶手的照片、没读过的书籍、不认识的某国兵器。

四、基本无法变出生物。像狗、猫这类动物是完全不可能出现的。而植物虽然可以以果实、花、叶等部分形态出现，但带着根茎的植物不会出现，哪怕是为了做食物。

五、可以变出通信设备，但不能收发电波。平板电脑、电脑、电视等虽然都能开机，但无法联网使用。

六、宅邸内原有的物品只会从原本的位置移动到储藏室。备用钥匙的出现方式与此相符。也就是说，物品不可能无限增加。

混混说完，问他的意见。胡子男捂着嘴沉吟。

"这……能想到的招数都行不通。"

听到他的话，混混深以为然地频频点头，说："是啊，昨天我还以为得到了强大的魔力，但其实只能把现世中熟悉的物品带到天国。"

"不过，我们除了这身衣服，其他私人物品似乎都留在了现世。要是有人离了常用的枕头就睡不着，这个功能倒也挺实用的。"说完，混混用钢笔尖点了点笔记本，"好了，进行下一项实验吧。"

"混混，你还要实验什么吗？"

混混得意地笑道："这宅邸里还缺少了一些东西。虽然冰箱里的食物会自动补充，但每天都是一样的东西，和我们死时的一样。我们缺少了一些重要的东西。这里可是海边的宅邸。"

"重要的东西？你是指……"

"水果和蔬菜等植物的部分可以变出来，那动物呢？宅邸里缺少的，是生鱼。这里没有刺身！"

胡子男皱起眉头，先责备了一句"别胡闹了"，接着开始抱怨："你怎么不早说？这比泳装重要多了。刺身这个想法很好，要金枪鱼刺身好了，来个金枪鱼大腹刺身拼盘吧。"

得到小包和厨子的赞同后，他们马上"下单"。四人对着储藏室门双手合十，连声许愿："金枪鱼，金枪鱼……"看起来像是个可疑的仪式。

不久，储藏室里传来沉闷的响声。

打开门，屋里的东西与他们预想的不一样。

"金枪鱼……"小包举着摄影机喃喃道。

他说得对，那的确是金枪鱼，但不是刺身，而是整条金枪鱼——身长超过两米的超大金枪鱼。

"那个，我只是想象了刺身的样子。"

"我也没有想象这么大的鱼。"

大家在讨论是谁许愿了这个大家伙时，厨子战战兢兢地举起了手。

"其实是我许的愿。作为厨子，我更想要原材料……"大家面面相觑。既然金枪鱼已经出现，只能想办法处理一下了。于是，大家就如何杀鱼产生了争执。不一会儿，餐厅的门打开，女仆探出头来。

"真热闹啊……抱歉，这是怎么回事？"

女仆看着胡乱堆放的物品，面部有些抽搐。她好像生气了。

看女仆这个样子，胡子男有些不好意思地开口寒暄："女仆，你身体好些了吗？"

话音刚落，千金从她身后探出头来。

"我回来的时候，女仆就已经好了。"

"哦，那就好。"

胡子男轻抚胸膛。但女仆仍冷冷地盯着他，问：

"那么，现在，能回答我的问题了吗？"

"这个，这不怪我……"

"我再说一遍，能不能回答我的问题？"

"对……对不起，我们在储藏室做实验的时候，一不小心就弄成这样了，里面还有一条巨大的金枪鱼……"

胡子男虽然感觉有些委屈，但还是不停地向女仆道歉。

处理完金枪鱼时，太阳已经下山了。幸运的是，鱼肉可以放进方才变出的大冰箱里保存。虽然不知道这条鱼能吃几天，但至少不用急着马上吃掉了。

到了饭点，大家围坐在摆满刺身的餐桌前。桌边，被固定在三脚架上的摄像机正在拍摄。

千金一边夹起刺身，一边看向镜头："连吃饭的时候都要拍吗？"

小包咽下嘴里的食物，微微点头。

"我想把天国里发生的事都拍下来。"

"是要拍成电影吗？"

"可以啊，天使们的纪实电影。"

千金冷笑一声问："哪儿来的天使？"

"这里不是天国吗？那我们这些居民就是天使吧！"

听到这话，混混开口道："天使啊，这说法不错……"

混混的外表与天使毫不相干。但或许是因为醉得厉害，他一脸沉静，仿佛下一秒背上就要长出翅膀了。

"我们都是天使，接受天启，完成使命。这个使命就是实现大家的愿望。我有个想法，大家能听我说说吗？"

众人点头。

混混喝了口啤酒润润喉咙，说："我不是冲浪运动员。今天尝试了一天，我就知道自己没这天分。然后，我在储藏室里做了一个实验，我觉得自己很喜欢调查。意识到这一点，我的记忆就一点点恢复了。我生前是一名记者。只有我知道房主国泽秋夫是谁，对吧？那是因为国泽秋夫是我敬仰的一名记者。这个满脸胡子的老大爷对我有巨大的影响，以至于我忘记了自己的名字都没有忘记他。我的梦想是成为他那样的记者，成为新闻之王。我想挖到独家新闻，写成报道……"

原本就话多的混混喝了酒之后变得更加喋喋不休了。他把手放在小包的肩膀上，说："小包，你想拍电影对吧？你生前从事的可能是摄影师一类的职业吧？"

小包眼眸低垂，小声回答："嗯，我生前好像当过电视剧导演。但我其实想拍一部属于自己的电影……"

混混一听这话，抬起头来，夸张地展开双臂。

"这里是实现愿望的世界，是为了弥补遗憾而创造出的天国。这是基本可以确定的事实，各位同意吧？我们唯一的愿望就是查明真相。但或许我们想错了。我们还有更宏大的梦想，而实现梦想的执念才是构筑这个世界的原动力。"

小包和厨子深深点头，胡子男也是如此。见此情形，千金有些哑然，接着说："男人真傻，还聊什么梦想……"

胡子男开口反驳："梦想还分男女吗？我觉得这是一种过时的观点。女人也可以畅谈自己的梦想。千金你也有愿望吧？"

"愿望啊，大概是嫁个好男人，生个可爱的孩子吧。"

"不，我不是说这个。"

"你看，你潜意识中就瞧不起女人。男人的梦想是高尚的，女人的梦想就是肤浅的。你如果提倡男女平等，就应该平等地看待我的梦想。当然，将女人的幸福与婚姻挂钩的确是不合理的。"

胡子男无法反驳，陷入了沉默。

而混混开口道："无论男女，都要有远大的抱负！千金的愿望也会实现的，这里有好几个好男人呢。"

"嗯，倒是有长得好看的。"说着她笑了起来。混混也一起笑着，喝完了一整杯啤酒。

"刺身是很好吃，但我更想要重口味的下酒菜。"

胡子男一听大感不妙，瞄了下女仆的脸色后向混混建议："不能再用储藏室变出东西了。"

话音刚落，厨子举起了手："那我做些吃的吧。"

听到他的话，千金明显一脸不情愿地说："我来做吧。一直没说，我其实很会做饭的。"

"不，我发现了……"

"其实胡子男你也觉得平时的饭菜不太好吃吧，别再让厨子进厨房就行了。"

厨子把头埋得低低的。千金丝毫不在意他这副样子，一脸笑意。

混混严肃地转过脸来看着千金说："千金，你这话我可不爱听。"

"什么呀，你没必要这么生气吧。我早就想说了，你太惯着厨子了。难不成你相信厨子真的是个厨师吗？"

混混抱着胳膊，咬着下唇说："……不信，我也不是傻子。我觉得厨子不是厨师。但我相信他对厨师服的自豪感和对料理的热爱是真的。我无法讨厌这样的人。回到刚才关于愿望的话题，厨子你不想变成真正的厨师吗？"

千金面露几分歉意，但并未开口道歉。

"那我来教厨子做菜，怎么样？"她看向厨子。

"千……千金你要教我做菜吗？"

"你不愿意吗？你那骄傲的自尊心不允许你向小姑娘求教吗？要是这样，那你的愿望也不过如此。如果你真的想实现愿望，不管对方是谁，你都会不耻下问的。连这都做不到的半吊子，休想让我把女仆交给你。"

胡子男在一旁小声说道："千金，你话说得太重了，会伤害他的。"

"胡子男，你闭嘴……厨子，你有什么要说的？"

大家都看向厨子。

厨子抬起头扫过所有人的脸，最后转向千金说："请教我做菜，拜托您了。"

千金松了口气说："好的，也请你多指教。我们这就开始吧，大家想吃什么？炖菜？炸物？腌菜？"

混混回答了她的问题："今晚还是别做饭了，大家一起喝一杯吧。"

女仆往混混的空杯子里满上啤酒，也给千金面前的杯子里倒上啤酒。胡子男出声提醒女仆："未成年还是别喝酒吧。"

女仆微微一笑："在这里没人知道自己真正的年龄，这里也没有人管。"

小包重重地一拍手，说道："来，我们再干一次杯吧。"

混混举起酒杯说："那我来说祝酒词吧。"

没人反对，混混站了起来："……为天使们的愿望干杯。"

杯盏交错相碰，祝福的钟声响彻夜晚的餐厅。

* * *

搜查人员一下子紧张起来。古色古香的宅邸，死相惨烈的尸体，所有人都知道这不是在拍电影，又不约而同想到了连环杀人狂的可能性。

这种不好的预感可以说十分准确，他们的猜测成真了。

随着搜查深入进行，搜查人员在二楼的几间客房里陆续发现了另外三具被割喉的尸体。

一共六具尸体。其中多名死者似乎是被一击割喉，只在脖子上留下了露骨的伤口。唯独在二楼客房内的一具男性尸体上发现了防御伤痕。这名男子的左手受伤，小拇指缺失，推测是在反抗时被挥击的利刃斩断。缺失的小指并未落在尸体附近。

　　直到晚上十一点左右，搜查人员才在该客房床下发现缺失的小指。

　　《每时新闻》二〇一九年七月二十日晚十一时号

六

指 尖 予 以 提 示

胡子男又被摩托车声吵醒了，时间是早上六点。

来到餐厅，里面只有小包一人。桌上放着报纸，是《每时新闻》的"二〇一九年七月二十日晚十一时号"。

"小包，你读过报纸了吗？"

"除了你和混混，其他人都读过了。"

胡子男点头应和，坐下后立刻展开了报纸。

就在这时，厨房一侧的门开了。千金和身后的厨子、女仆一起走进了餐厅。三人利落地分好餐食，各自落座。面前的餐盘里盛有金灿灿的培根煎蛋。

"哇，今天的培根煎蛋看起来真的很好吃。"

胡子男说完，千金露出了自豪的神情。

"不知是不是因为我的教导。"

"这应该说是厨子努力的成果。"

"这倒也是。虽然之前做的食物很离谱，但学了一次就有这么大的进步，过几天应该就能达到厨师的平均水平了。"

"那还真是令人期待呢。"

她像是在说自己的事情一般满面笑容，将目光投向了厨子。

厨子深深地低头鞠躬，然后环顾四周，问："混混还没来吗？"

女仆回答了他："我刚才去叫过他，可能是又睡着了。"

听到女仆的话，千金叹了口气说："那位不会又做噩梦死掉了吧？"

小包笑着点头："再等等吧。要是再不来，我就去让他活过来。"

胡子男也点了点头，再次看向报纸。今天报纸的内容也大同小异，只是最后的报道很有意思。

"发现了男性尸体的小指？"

这几天也许是现世中的调查没有进展，报纸也几乎没有出现新内容。

今天的报道却增加了发现尸体缺损部位的内容。报道中所说的试图抵抗的男性应该就是……他正思考着，一阵叫声传来。

"啊啊啊啊……"

那是住在二楼的混混的叫声。

听到这声音，千金又叹了口气说："不会吧，他真的死了？"

小包刚要起身，却听到有人跑下楼梯的脚步声。看来混混还活着。

不一会儿，餐厅的门就被猛地推开了。

"各位！快看！"

混混一进餐厅，就大喊着伸出大张的左手。原来，那只手长出了原本不存在的小指。

"哎呀，饭也好吃，真是好事不断啊。"混混一边将食物塞入口中，一边说道。

他的左手有了完整的五根手指，让人不太好继续叫他混混了。但现在再改绰号实在麻烦，大家一致决定以后还是叫他混混。

"话说回来，你怎么让手指长出来的？"小包问道。

混混挥着叉子说："这个嘛，我什么都没做，起床后就发现小指长出来了。"

混混还没看报纸。考虑到这些内容明显与混混有关，胡子男告诉他："在现世，搜查人员好像发现了你的小指，说是掉在客房的床底下了。"

听到这话，混混目不转睛地盯着自己的手说："这样啊，我是事发那天没了手指的？"

"在现世发现小指的同时，小指得以复原……"

说到这里，胡子男脑中闪过一个假设。但这个假设实在没有说服力，他立刻在脑子里否定了这个想法。然而，小包似乎读懂他的心思一般，说出了他刚刚否定的猜想："在现世被发现的东西就会出现在天国，也许我们来到这个世界的顺序正是尸体被发现的顺序。"

他本想立刻提出质疑，但被厨子抢了先："这不可能。在现世，最早是在上午十一点发现了两具尸体，而且都是男性。可最早来到这个世界的是女仆。"

"这么说来也对。"

小包似乎被说服了。

胡子男微微耸耸肩，试图厘清这些信息，小声念叨着："手指的发现和再生。现世中是否有人缝合了手指呢？尸检前会缝合吗……总之，这次我们弄清楚了一件事。客房中有一具缺失小指的尸体，所以混混就是在那里……"

胡子男咽下后半句话。如果这是事实，那就和之前的证词冲突了。

小包注意到了胡子男的异样，开口询问："胡子男，你怎么了？"

"啊？没……没什么……"

小包是故意问自己的吗？还是他真的没留意到这与他之前的证词自相矛盾。

三天前，两人在会客室时，小包说自己是死在客房里的。胡子男当时接受了这一说法，但现在发现的新证据推翻了这一说法。宅邸中发现了四具男性尸体，其中有两具在会客室。也就是说，还有两名男性死在了其他地方。最近发生了很多事情，他没有逐一确认，不过他一直认为自己和小包是在客房被杀的，而混混和厨子是在会客室被杀的。但现在基本已经可以确定，混混是在客房被杀的。

小包在说谎。为什么呢？

胡子男想到了几种可能性，并逐一仔细分析。但他也想不出个答案，只能毫无头绪地胡思乱想着。

沉默片刻，混混眯着眼睛看向他，问道："胡子男，你是发现什么了吗？"

"不，没什么……"

他缓缓摇头，撑着下巴。

胡子男决定先确认一下厨子的死亡地点。

要问话的话，最好趁他一个人的时候。可厨子经常和女仆或者千金在一起，他很难有机会和厨子独处。

就这样，一直等到下午，他才终于找到了机会。

收拾完午饭后，厨子回到了自己的房间。他住的房间是二楼东南面的一个大卧室。胡子男造访了他的房间。

"哇——这里比我们的房间宽敞多了。"

他第一次进入厨子的房间,这里有其他人住的房间的三倍大,而且南边和东边都有窗户,采光很好。不知是不是心理作用,屋内的装饰品看起来都格外大。

"是的。我来这里时,女仆住在佣人室,二楼的房间都空着,所以我就住进了这里。现在只有我住这么大的屋子,真有些不好意思。"

"没事,先到先得嘛。"

"谢谢你的体谅……对了,你想问什么?"

胡子男抱着胳膊,再次环顾四周,问:"你是在这个房间被杀的吗?"他故意兜了个圈子。

厨子一脸困惑地说:"怎么突然问这个?"

"是时候查明真相了,就想问问大家有没有线索。"

厨子深以为然地频频点头说:"我不是在这里被杀的,我死在会客室。刚来的时候,我还记不起来,但在宅邸里四处闲逛,走进会客室时,我就渐渐想起来了。我死在了那里。"

这是意料之中的回答。厨子果然是死在会客室里的。

"抱歉,你能详细说说吗?"

厨子捂着脖子,战战兢兢地说起来:"我只记得那一瞬,不知道能不能帮到你……那是个下雨天,我记不太清具体为了什么,总之是有什么事,我才走进了会客室,结果一下子就被人用刀从侧面砍了脖子。"

"进门的瞬间啊。你看到凶手的脸或者其他死者了吗?"

"很可惜,我没看到。真的就是发生在一瞬间的事情。"

"对了,你还记得凶器是什么吗?"

"可能是剁骨刀。我问过千金,那刀又重,刀刃又厚,一刀就能轻松砍断肋骨。用这种刀能像砍树一样割开我的喉咙。我还记得那种异物没入喉咙的触感,甚至以为会被斩首……"

"啊,要是说得太具体,可能会再次死亡,就先说到这里吧……"

胡子男捂着嘴，回想着报纸上的内容。

会客室里有两具尸体。其中一具尸体，脖子被深深割开，躺在沙发上，穿着一身白衣。厨子同样被砍了很深的一刀，同样一身白衣。会客室沙发上的尸体，应该就是厨子。知道这点就足够了。胡子男想开口道谢，但厨子先一步举起了手。

"胡子男，我可以问你一个问题吗？"

"啊，你问。"

"昨天你和女仆发生了什么事吗？她好像突然就不舒服了。"

胡子男脑中闪过和女仆发生的事。

"没什么……"

"那就好。她性情柔顺，昨天还穿得很单薄，所以我很担心她。"

"你这是不相信我啊，我怎么可能对她做什么？"

他有些心虚，因为他的确想要抱住靠过来的女仆。

虽然是喜欢恋爱八卦的千金提出的猜测，但厨子似乎的确对女仆有意。当然，女仆似乎对厨子并不感兴趣。

厨子像是说服自己一般深深点头说："我想问的就是这个。"

"我也问完了，谢谢你。"胡子男逃也似的离开了房间。他调整呼吸，边走边总结得到的信息。

有人说过，真相往往很简单。会客室里的两具尸体，倒在沙发上的是厨子，而倒在地板上的正是凶手。地板上的尸体伤口比厨子的浅，又有凶器掉在附近。警方也初步判断这起案件是杀人后再自杀。也就是说，倒在地板上的男性应该是自己砍死了自己。

为什么小包说他死在客房里？因为他就是凶手。可是……

"真不想相信啊……"

这虽是胡子男自己得出的结论，但实在让人难以接受。小包的确有些缺根筋，却为人和善。他时刻关心大家，努力带头营造良好的氛围。而且，在混混遇害时，他也积极帮助调查。不对，或许正是因为自己没有杀人却出现了死者，他才更想知道真相，这样倒也能解释为什么他这么积极了。

胡子男下了楼梯，走向会客室。他想再确认一下能证明小包是凶手的环境证据。

他走进会客室，里面亮着灯，挂着布帘的水晶灯散发出橘黄色的光芒。不知道屋里有没有人——这样想着，他环顾一圈，发现矮桌上的花瓶里插着一枝白玫瑰，而通往庭园的双开玻璃门敞开着。

他朝庭园望去，看到了混混。

"嘻，是混混啊……"他嘟囔了一句，混混一脸怒意地回头。

"你是什么意思？"

"没……没什么意思……对了，你在干什么？"

"千金说要插花，我就一起来了。"

混混转头，视线的尽头是拿着园艺剪刀正在修剪花枝的千金。

"啊，你们俩很喜欢这里的花，对吧？"

"谁说的？我就是不讨厌而已……"

这句话似乎也传到了千金的耳朵里。她轻笑了一声，说："混混，你还是坦诚一点吧。光明正大地说自己喜欢花就是了。"

"我才不喜欢花呢！听说庭园里的花又开了，我只是惊讶于那白玫瑰顽强的生命力罢了。"

说起来，他和女仆也有过类似的对话。

"聊回刚才的问题，说你们都喜欢花的可是女仆。她似乎也对再度开花的玫瑰很感兴趣。"

"那是自然，因为我们是重获新生的天使。"混混开玩笑说。

"之前我不小心走进一片刚种过花苗的地，还被女仆骂了。"

胡子男有些自嘲地提起这事，千金却露出一副古怪的神情。

"一片刚种过花苗的地，在这个庭园里吗？"

"在那边，信箱那头……"

因为千金十分在意，胡子男就带两个人去了那边。

千金看着那片裸露的泥土，脸色越发古怪。

"真奇怪，这里以前不是这样的，现在却种上了整齐的玫瑰花苗。这园子里的玫瑰花都是用扦插的方式繁殖的，等长到一定大小后再移栽到园子里。这些花苗应该是从某处买来的。"

"等等，你的话更不对吧。在这天国上哪儿买花苗去？活的植物是不可能利用储藏室变出来的。"

"也是，你说得对……"

"千金，你说的'以前'是指生前吗？"

"抱歉，我想不起来了……"

不知是不是记忆混乱了，只见她痛苦地捂着脑袋。

"不行，你再努努力，要弄清楚真相才行。"胡子男语气坚定。

混混开口劝阻："胡子男，你别这样逼一个弱女子了。再说了，院子里的花和真相也没关系。"

的确如此。事到如今，种花这种小事已经无关紧要了。

"对不起，混混你说得对……真相已经很明了了……"混混和千金齐齐地盯着他。

胡子男向两个人建议："要不要去会客室聊聊？"他决定说出小包的事。

按理说，他应该等小包自己坦白，或者找到确凿证据后再告诉大家，可一个人守着秘密太难熬了。

"……总之，小包很有可能就是凶手。"

坐在会客室的沙发上，他道明了前因后果。然而，坐在对面的混混和千金反应平淡。两人互相看了一眼，沉默不语。

"怎么了？你们不觉得惊讶吗？"

这话一出，混混烦躁地挠了挠头说："其实，我们刚才聊过了。就算没有你的推理，从杀人手法也能肯定，凶手是个男人。娇小的女仆和纤细的千金不可能将人割喉。加上今天早上的报纸，确定了我是被害人。所以，我和千金的嫌疑排除了。我决定，不管凶手是谁，都要冷静接受。"

"接受？你相信小包那个人会杀人吗？"

"那凶手是谁你才能接受？"

"我不是那个意思。只是，他那么温柔的人……"胡子男一时语塞。

千金叹了口气说："我觉得温柔与否跟会不会犯错无关。混混之前也说过，谁都可能因为遵循坚定的信念而走上歪路。他认定自己是'为了某人'而牺牲时，就会变得格外残忍。越是温柔的人，这种时候就越是残忍。"

听上去千金似乎深有体会一般。胡子男低着头，咀嚼着这句话。

短暂的沉默后，混混仿佛重整旗鼓一般深呼吸。

"再说，重要的是，我和千金无法判断说谎的是小包还是你。"

"什么？你怀疑我吗？"

"说实话，是的。但我也不只是怀疑你。我不想怀疑你的人品，毕竟我们一起生活过，我知道你是什么样的人。"

"我没有杀人。"

"你当然会这么说。正如千金所说，大多数人都不想被当成杀人犯。"

"我真的不是凶手。我就是在客房里被杀的。你应该知道吧，进入房间时，记忆逐渐复苏的那种感觉。"

"这个……我懂那种感觉……"说着，混混将视线转向了千金。

"我完全不记得自己是在哪里被杀的。"

混混接着千金的话继续说："没错，记忆的复苏方式是有个体差异的，更确切地说，是不可靠的。几天前我不是也分不清梦境和现实吗？"

"你是说我混淆了梦境和记忆吗？"

"我不否认这种可能性。"

要是连自己的记忆都要怀疑，那还怎么查明真相？胡子男虽然心里这样想着，但他已经心力交瘁，无力反驳。

看他沉默，混混再次开口："那我就再说几句，你的推理漏洞百出。你去找送报员的时候也是这样，爱钻牛角尖。被杀地点和被发现的地点不一定是相同的。"

"你这么一说也对。"

"这种事一下就能想到了。比如我，手指掉在床底下，所以能确认那里就是杀人现场。但其他人的尸体可能被移动过。至少据你所说，厨子就是被凶手故意搬到沙发上的。也就是说，还不能确定谁是凶手。"

混混说得对。至此，推理又回到了起点。然而，比起徒劳的无力感，他心中感到更多的是平静。

"等等，这样的话……"

一个念头冒了出来。如果考虑到尸体的移动，就出现某种可能性了。胡子男今早自己曾否认的猜想，似乎可以实现。

"怎么了？你还想不通吗？"

"不，你说的我明白了。我想到了另一件事情。"

"你不是又把谁当成凶手了吧……"

"这次，我很有信心。我还不知道凶手是谁，但应该很快就能找到头绪。我要去调查一下，先走了。不打扰你们了。"

胡子男迅速说完，快步走出了会客室。

胡子男再次翻阅《每时新闻》的刊号。不出所料，上面的内容印证了他的猜想。

晚饭后，他提议所有人到会客室集合。

——来吧，好戏开场了。

其余五人坐在会客室的沙发上，只有胡子男站在事先准备好的白板前。对面的墙边放着摄像机，氛围有点像演讲现场。

众人都沉默着等待讲解开始，扮演讲师的胡子男打了个响指，指向摄影机。

见此情形，小包说道："很帅，你不用管镜头，快点开始吧。"

胡子男耸耸肩，清了清嗓子说："感谢各位在百忙之中莅临会客室。今天，是混混的小指长出来的'小指纪念日'。在这样晴朗的日子里能和大家一起……"

话说到一半，混混"啧"了一声，催促道："客套话就不必了，赶紧进入正题吧。"

胡子男摊开双手，优雅地点点头回答："那就应您的要求进入正题吧，主题是——世界。"尽管大家似乎还觉得他在开玩笑，但他并未在意，而是继续说，"正如大家所知，今天在现世搜查人员发现了小指。与此同时，在天国的混混也长出了小指。由此可知，我们的肉体在现世被发现后，就会出现在天国。因此，我们来到这个世界的顺序，应该就是尸体在现世被发现的顺序。"

小包立即反驳："胡子男，这一点不是已经被证实是错的吗？"

胡子男指向小包说："好问题。之前我们确实想错了。因为在现世被发现的第一具尸体是男性，而第一个来到天国的人是女仆。但我现在可以推翻之前的说法。"

房间内有些骚动。胡子男用记号笔敲了敲白板。

"在说明方法之前，先来整理一下已知信息吧。首先是来到天国的顺序。正如刚才所说，第一个来的是女仆，日期是十四日前。两天后厨子到来，四天后是千金，再过两天是混混，之后一天是小包，再之后一天是我。没错吧？"

众人点头。胡子男转向白板，开始书写。

"抱歉，我就一边写一边说了。大家请根据以上信息回忆一下。天国的一天等于现世的一小时。今天早上六点收到的报纸是晚十一时号。也就是说，女仆到来的十四日前，是现世的上午九点。将我们到来的日子都换算成现世时间的话，就是这样的：女仆是上午九点，厨子是十一点，千金是下午三点，混混是下午五点，小包是下午六点，我胡子男是下午七点。为了方便，我就直呼其名了。"

胡子男指了指刚写好的表格。

"我再参考报纸的报道和发行时间，把现世发生的事情写在这个表上。然后……然后……大家稍等，就是这样。"

胡子男拍了拍白板。

天国		现世	
第一天	女仆到来	上午九点	餐馆老板发现有人倒在会客室
第三天	厨子到来	上午十一点	急救队员发现两具男性尸体
……		……	
……		……	
……		……	
第七天	千金到来	下午三点	警方在佣人房间发现女性尸体
……		……	
第九天	混混到来	下午五点	警方在二楼客房发现第四具尸体
第十天	小包到来	下午六点	警方在二楼客房发现第五具尸体
第十一天	胡子男（我）到来	下午七点	警方在二楼客房发现第六具尸体

胡子男一边展示写完的表格，一边自豪地说："真是令人毛骨悚然！现世的搜查发现和我们来到天

国的日子如此吻合，这不可能是凑巧。再加上混混的小指这件事，我可以肯定，我们在现世被发现时就来到了天国。这就像是'薛定谔的猫'，观测的瞬间，猫的生死才确定下来。也就是说，尸体被发现的那一刻，我们就正式死亡了。"

当然，他也想到会有人反驳。果然，厨子举起了手，说："但是，刚才小包的疑问你还没有解答。"

胡子男扬起嘴角，挥动着记号笔又说："是的，没错。现在我就来推翻之前的说法。不，应该说是解释一下凶手的行动。"说完，他用力指向第一行的"上午九点"，"问题就在于女仆被发现的时间。考虑到女仆来到这里的日期，她的尸体应该是在上午九点被发现的。可根据报纸，上午九点发现的是男性的尸体。然而，准确来说并非如此。当时餐厅老板发现有人倒在沙发上，身着红色的衣服，看不清脸。也就是说，尸体的性别不明。大家明白了吧？当时倒在沙发上的，就是女仆的尸体。"

他指着眼前的沙发。坐在那里的女仆和厨子眼神不安地转动。胡子男等大家冷静下来后，继续说道："只不过上午十一时急救队员进入会客室后，发现了两具男性尸体。顺带一提，此时沙发上的尸体应该是厨子。脖子上深可见骨的伤口、全身白衣，都与厨子吻合。那么究竟发生了什么呢？尸体被调换了。第一发现人——餐馆老板来到天国宅邸时，凶手还活着。上午九点，老板发现有人倒在屋内，之后一直到十一点，急救队员赶来。他一直待在车内。在这期间，凶手将沙发上女仆的尸体搬到了二楼的客房，又将躺在旁边的厨子的尸体搬到了沙发上。之后，凶手在地板上自杀了。地板上的尸体伤口很浅，而且凶器就掉落在附近。这人肯定就是凶手。我不知道他这一连串的行为有什么意义，但这样就和我们来到天国的时间对上了。"

千金嘟囔道："如果是这样，那我不就死在了佣人房里？"

胡子男打了一个响指，指向千金："我也想过这件事。以免有人不太了解情况，我简单说明一下。我们大部分人都能想起自己死去的地点，但是千金却想不起来。为什么呢？那是因为不符合想起来的

154

条件。我们能想起死亡地点的关键在于停留在那一特定地点。我猜，千金你从没进过佣人房，对吧？"他将目光转向千金。

千金结结巴巴地回答："对，虽然我朝里面看过一眼，但我从来没有踏进过房间……"

胡子男微微耸肩，微笑着说："也许出于某种原因，事发当天千金待在了佣人房里。我们或许是被天国的规则所影响，基本上都在死亡地点停留过。但千金不同，她来到天国时，女仆已经住进了佣人房。所以她没有机会重返死亡地点，也就失去了恢复记忆的机会。为慎重起见，还是问一下女仆吧。女仆，你死在哪里？"

如果没猜错的话，她应该会回答：会客室。

"抱歉，我的记忆很模糊，除了被割喉，真的什么都想不起来了……"

他的计划有些被打乱了，但大致上没问题。

"这样啊，那么至少不能断定你是死在佣人房间里。根据其他线索推断，下午三点在佣人房里发现的尸体肯定是千金。在千金被发现后，二楼的客房里陆续发现了三具尸体，对吧？其中之一就是女仆。"胡子男说完，深呼吸了一下，"以上这些，大家有什么意见吗？"

小包指了指白板问："那在天国的第三天，凶手是不是和厨子一起来到了这个世界呢？"

这个问题在他的意料之中，事情进展很顺利。

"是的，凶手是第三天来的。凶手或许比厨子更早醒来。大家试着带入一下凶手的情况：醒来发现自己身处陌生的海边，身旁还躺着本应该杀了的人，手边也没有凶器。他会怎么办？如果是我，在了解清楚状况前会先躲起来，躲进松林里就不容易被发现了。而且，在这个世界，再饿都不会死。他可能悄悄观察了宅子近一个星期，观察了解情况后，才小心翼翼地敲开了宅子的大门……"

会客室里安静下来了，似乎没人持反对意见。

"我的说明到此为止，感谢各位的聆听。"胡子男像是谢幕一般，优雅地鞠了一躬。

"不愧是名侦探，真上镜。"小包用手指比着取景框，一脸兴奋地朝他看来。

而坐在一旁的混混则抱着胳膊，脸色难看。

"混混，你是有异议吗？"胡子男轻声问道。

混混表情不变，语气平静地说："不，没有。你说的应该是对的。我们是按照被发现的顺序来到天国的。但这样的话，有条件犯案的就只有两个人。凶手是男性，厨子躺在沙发上，我在客房里被砍下了手指。剩下谁，就不用我说了吧？"

胡子男与小包对视一眼，但都没有说话。或许是耐心耗尽，混混再次开口：

"胡子男，你说过要试着带入凶手的视角，对吧？凶手杀了五个人，来到这个世界后开始观察宅邸。如果我是凶手的话，在那五个人的行踪没有查明之前，我是不会主动采取行动的。也就是说，我会最后一个前往宅邸。"

"不是，你等等，你等等。"

"抱歉，我等不了。我就直说了，我早就想过这种可能性，但也只觉得是一种可能性。凶手应该也失忆了才对，他来到天国时只记得自己被割喉了。之后，他无意识地隐瞒了身份，又无意识地想要赎罪，于是通过当众说明的方式进行了招供。"

"你这样说是不是太牵强了？而且，我记得自己被杀的场景。"

"果然，记忆是不靠谱的，是可以在无意识间被捏造出来的……胡子男，你之前不是说过自己是醒着的时候被凶手袭击了，也就是说，你看到了凶手的脸，不是吗？"

"是的，我看到了。我只记得那张脸是我认识的……"

"那凶手是如何割断你的脖子的？"

"这……他站在我背后，一刀就割开了我的喉咙……"

混混神色阴沉，默默摇头。

"这个凶手杀人基本上都是悄悄靠近，然后一气呵成地将对方杀死。而凶手自刎的伤口则会比较浅。你所说的被杀时的情形，我觉得很不对劲。你好好回想一下，自己被杀时的情况是怎样的？"

听他这么问，胡子男不情愿地闭上了眼睛，某天梦见的场景便浮现在脑海中。

"凶手就站在我背后，越过镜子和我对话。那张脸，我很熟悉……"

"等等，越过镜子对话？凶手长什么样？"

脑海中的画面光斑四射。白色的场景中浮现出模糊的轮廓。画面逐渐聚焦，轮廓逐渐形成了一个清晰的身影。

那里站着一个留胡子的男人。胡子男睁开眼睛，说了一句话："身后站着的，是我……"

屋内一片死寂。

过了一会儿，混混面色温和地向他开口："杀了你的，是你自己吗？"

他回答不出来。

千金转向混混说道："可能是解离性障碍……"

"应该是吧。说不定他创造了一个被害者的人格呢？"

胡子男全身颤抖，感觉双手沾满了鲜血。

"怎么会？我竟然把大家都杀了……"

没有人出言责备胡子男，混混再次开口："你慢慢回忆起真相吧。我们并不恨你，是吧？"

他看向其他人。大家都怜悯地看向胡子男。

胡子男湿了眼眶。他抬头望去，吊灯柔和的灯光映入眼帘，看着那光芒，另一道光在脑海中亮起。

"不对！不对不对，不对不对不对！"

他这么一喊，所有人都面露惊讶。

"喂，胡子男，你怎么还说不对？"

"就是不对，我不是凶手！"

气氛一下子微妙起来。就在刚才，屋里还弥漫着同情的气氛，现在已经完全被紧张感取代。

"你真是死猪不怕开水烫啊！"

"真不巧，我的确死了。玩笑就先开到这里，我真的不是凶手。我死的房间里有烛台式样的壁灯，绝对有。但这个会客室里并没有这样的灯，只有强调设计感、灯光昏暗的吊灯。"

"可你的确是被自己杀死的，不是吗？"

"这也不对。确切地说，我是被一个留胡子的男人杀死的。"

气氛越来越凝重，众人甚至有些轻蔑。

小包疑惑地问道："胡子男你可能不记得了，这屋里只有你一个人留胡子。"

"我记得！我可是胡子男。现在这里的确只有我留胡子。但这次事件中，还有一个满脸胡子的人。"

没错，如果凶手是他，那一切就都说得通了。

胡子男环顾四周，众人都一脸困惑，只有混混似乎理解了胡子男话里的意思。在其他人开口之前，他连忙接着说："让我来把真凶揪出来，让我揭开他的真面目。"

七

消 失 者

第二天凌晨五点半，一群睡眼惺忪的天使在楼梯厅里集合。第二场演讲开始了。

昨晚的第一场演讲在胡子男的精彩演出中结束。虽说可以继续说明，但胡子男想到的真相太过震撼，光靠嘴皮子实在证明不了什么。最重要的是，胡子男自己也不能完全确定。因此，考虑到接下来可能的进展，胡子男希望大家能在第二天早上五点参加第二场演讲。此外，他没有向任何人透露他所预测的发展，也因此遭到大家抱怨——这么早起，真是又困又累。对于这些牢骚，胡子男全盘接受了。

"我会解释为什么要这么早来，麻烦大家坚持一下。"

众人反应平平。连混混都揉着睡眼，打着哈欠说："喂，至少换个能坐下的地方吧？"

"这里挺好的，而且……"胡子男向上张开双臂，保持着这个姿势继续说话，"不觉得这里很像剧院吗？从天窗投下的光线就像是舞台灯光。这里还很宽敞，有楼梯，甚至还有二层座位。如果要进行表演，这个楼梯厅十分合适。"

在他说这些时，小包已经架好了摄像机，说道："胡子男，要开始了吗？"

"那就开始吧，我们得抓紧时间……"胡子男环顾四周，清了清嗓子，神情严肃地说道，"喂喂，麦克风测试，能听到吗？"

小包有些哑然，又问："胡子男，你没有别麦克风吧？"

胡子男一拍手，向上望去，说："二楼的各位，能看到吗？"

混混"啧"了一声，接着说："你不说废话是会死吗？"

胡子男一脸无辜地张开双臂，鞠了一躬。

"现场的气氛被烘托起来了，我们继续昨天的话题吧。虽然昨晚才聊过，大家应该不会忘记，但还是先来复习一下。我们是随着在现世中发现尸体而出现在这个世界的。也就是说，我们来到天国的顺序就是尸体在现世被发现的顺序。以上这些大家都理解了吗？对了，这是一切的大前提，可别忘了。"

众人不耐烦地点了点头，估计在想：说什么废话呢？

胡子男连忙继续说："但是，这个大前提是有问题的。第一个来到天国的人是女仆。然而根据《每时新闻》的报道，最先被发现的是男性尸体。为了解释其中的矛盾，我提出了替换尸体的方法，但是这个方法也存在问题。凶手应该和厨子一起，第二批来到天国。于是，我提出了凶手藏匿的假设。这些大家都还记得、理解吗……"他逐一指向众人，确认所有人都明白后，胡子男扬声道，"那么，请把这些全都忘掉！"

"什么？"众人齐齐开口。

"我重复一遍，请记住那个大前提。但之后的替换尸体等假设，就当我没说过。因为这些假设是以《每时新闻》的报道为基础做出的，而这一基础有可能存在虚假。我重新思考了一下，替换尸体对凶手来说实在没什么好处，充其量只能迷惑身在天国的我们。而现世的人自然不可能知道天国的存在，所以对凶手来说，这一行为毫无意义，而且在松林里潜伏一周的说法也有点牵强。"

胡子男连珠炮一般的发言让混混面露不服。

"你这说法不是更不合理吗？如果因为新闻报道的真实性存疑就推翻之前的假设，那你所说的大前提不也就不成立了吗？你怎么能只否定对自己不利的部分呢？这也太离谱了。"

混混或许还认为胡子男是凶手。

"我知道你想说什么。我早料到会出现这样的意见。所以，我昨晚就试过了。我让千金在佣人房里待了一段时间。"

他把视线转向千金。她了然地开口："我被杀的地方的确是佣人房。正如胡子男所料，我进去之后就恢复了记忆。但我觉得报纸上写的都是真——"

"可以了，谢谢。所以，报道的大部分内容都是真实的，至少尸体被发现的地方应该是真的。还有当天下了雨，屋里有佣人，以及国泽秋夫的经历等，这些都已经确定是真的。发现人的证言和发现时间应该也是真的。也就是说，大前提没有错。但是据我推测，在人数和性别等细节方面，有可能有人为了隐瞒真相而故意进行了错误报道。"

话音刚落，女仆冷冷地开口："但是，报纸是这个世界上的一种自然现象。现象会说谎吗？"

胡子男同样以冷漠的表情回击："从广义上说，这是一种现象。但那些报道很明显由某个人所写，而那个人就是杀害我们的真凶。"

屋内一阵骚动，但不是因为慌张，而是因为困惑。

胡子男缓缓张开双手，看向五人。

"来来来，让在场的各位久等了。真相调查剧目正式开演了，让我来揭开他的真面目。"在众人的注视中，他缓步走起来，"首先来推理凶手的人物画像。

凶手当然是人，绝不是什么现象或者神仙。但是他有办法获取现世的信息，将其写成报道并传达给我们。能确定的是，他是个留着胡子的男人。混混，你知道是谁吗？"

混混皱起眉头，低声回答："留胡子的男人，国泽秋夫吗？"

胡子男嘴角翘起，指向混混说："没错，凶手就是天国宅邸的主人、满脸胡子的大爷——国泽秋夫。"

"事发时，国泽秋夫应该不在宅子里。"

"我都说了报道存在虚假。"

"那他之前是怎么给我们送报纸的呢？"

"怎么送？天国的居民应该都很清楚。他骑着轻便摩托车，把报纸投进了信箱。"

众人越发摸不着头脑。

胡子男一边享受着这种氛围，一边挥动食指。

"凶手国泽秋夫可能真的来了天国。"女仆再次插话。

"你是说送报员吗？你也知道，那人只闻其声不见其人。"

"这的确是个问题，为什么看不见人影呢？这件事放一放，我们先来聊聊精神的问题。我们的灵魂……不，应该说是残留的执念，在死后到来天国前的那段时间里徘徊在何处呢？"女仆歪着头思索，他继续追问，"女仆来到天国的时候，宅邸和现在一样吗？"

"是的，除了住户变多了，没有什么变化。"

胡子男环顾着众人，说："大家不觉得奇怪吗？从女仆来到之后，天国没发生任何变化。天国是女仆创造的世界吗？我们只是迷失在女仆的世界里？不对吧？天国是由我们的共识和愿望创造的。这是一种类似于天启的绝对真理。简言之，我们到来之前就在影响着天国。也就是说，我们还没有肉体的时候，就已经存在于天国了，只是我们不记得了而已。与此同时，我们也存在于现世中。这么说是不是有些难以理解……"

胡子男声音小了下去，摊开双手。

"虽然这只是假设，但请大家暂且相信。昨天，在尸体被发现就会来到天国的猜想中，我引用了量

168

子力学中的不确定性原理。大家还记得吗？不确定性原理有一个思想实验叫作薛定谔的猫。专业的东西我就不多说了。简单来说，放在盒子里的猫是生是死，在观察者打开箱子的那一刻才确定下来。在这之前，猫处于生与死的叠加状态。对我们而言，现世和天国也是一种叠加状态。在尸体被发现之前，我们同时存在于两个世界。"胡子男合拢双手，又摊开来，"以上这些大家听明白了吗？有什么问题吗？"

大家似乎依旧很困惑，但都点点头。

"那么基于这个假设，我们再回到《每时新闻》的问题上。这个报纸和其他现象明显不同。电力、煤气、自来水、消耗品等，这些都再现了我们死后——准确来说是死亡时——宅邸的状态，并且维持不变。但报纸却出现了新的报道。现世本就没有《每时新闻》。这是谁残留的执念创造出来的？至少来天国宅邸做客的人都不知道国泽家有没有订阅报纸。那么，最有可能的就是国泽秋夫了。国泽秋夫是报社社长，又是记者，少年时代还当过报童。对他来说，报纸是一种身份的象征。就像女仆的女仆装、厨子的厨师服一样，都是代表身份的重要物品。所以，报纸出现在了这个世界。因此，我认为国泽秋夫就在天国。他应该已经死了，但我们看不到他，为什么呢？"

四周无言，所有人都保持着沉默。这也难怪，毕竟这是个非常离奇的假设。

"国泽秋夫的意识同时存在于现世和天国。他游荡在现世，最重要的就是打探消息，写成报道，再亲自送报上门，但精心制作的《每时新闻》里却夹杂着虚假信息。具体来说，参加聚会的不是六个人，而是七个人；最先发现的尸体不是男性，而是女性。仔细找的话或许还能发现其他问题，先说这两个有代表性的吧。他为什么要如此大费周章呢？如果他就是凶手，那一切就合情合理了。他对我们恨之入骨，事到如今仍是如此，所以不希望我们知道真相。"

说到这里，厨子举起了手，问："你说的我倒是听明白了，但我有一点不明白：如果他不想让人知道真相，那尽管胡说八道就是了。可《每时新闻》上的报道基本上都是事实，对吧？"

胡子男上下打量厨子的衣着，回答道："或许是为了保住他新闻人的身份，毕竟捏造太多就无法称为新闻了。你去海边时换了泳衣，不也没有摘掉厨师帽吗？这是维持你身份的最后象征，不是吗？"

　　厨子点点头表示同意。接着，混混举起了手，说："胡子男，这不对啊。"

　　"有哪里不合理吗？"

　　"从头到尾都不合理。在我看来，这不过是牵强附会罢了。"

　　"是不是牵强附会，问问本人不就知道了。"

　　"本人？"

　　混混睁大了眼睛。其他人的表情也差不多。

　　"你这么惊讶干什么？我一开始就说了，要挖出凶手。"

　　众人的疑惑达到了顶点。胡子男指着因困惑和无措一时无言的众人，谨慎地继续说下去："快六点了，送报员要来了，我们去把他抓住吧。我让大家在这个时间集合，就是这个目的。"

　　小包结结巴巴地说："看不见的人怎么能

171

抓住……"

胡子男露出了笑容，说："有一个办法，给你们一个提示：金枪鱼。"

五人似乎怀疑他又在开玩笑。

胡子男咧嘴笑起来，看向大家说道："为什么我们看不见送报员国泽秋夫呢？因为他的尸体还没被发现。他应该是在一个很隐蔽的地方自杀的。那么我们只要找到他的尸体，就能让他现出身形。这里就要提到金枪鱼了。储藏室里可以变出我们想要的东西，但无法变出活物，植物和动物基本都不行，却可以变出整条金枪鱼。也就是说，尸体是可以变出来的。"胡子男调整呼吸，继续补充，"但利用储藏室变出东西还有其他条件——只能变出已知的东西。幸好混混认识国泽秋夫。那其他人呢？大家都只是待在宅邸里，记忆中应该没有这号人物。仅凭这样，还不能说我们知道国泽秋夫的尸体是什么样的。那么……"胡子男食指抵在太阳穴上，"需不需要在脑内想象杀了国泽秋夫呢？"

这是在赌。他不确定能否成功，但再也找不到其他突破口了。

他拍着手，有条不紊地下达指示："好了，请大家闭上眼睛，面朝储藏室许愿吧。"

五个人互相使了一下眼色，然后，不情不愿地闭上了眼睛。

"准备好了吗？那么，请想象一下国泽秋夫的样子吧。各位就算不记得这个人的长相，也应该都知道他。他是个留着胡子、七十一岁左右的男性，又被称为独家新闻王，同时也是天国报社的社长。大家能想象出来吗？微笑的秋夫、生气的秋夫、哭泣的秋夫、腼腆的秋夫……来来来，大家好好想想，好好想想……"

一时间怨声载道。

"别烦我，我都没法集中精神了。"

"就是！安静一点。"

"你是要逼我发火吗？"

胡子男对这些抱怨充耳不闻，继续下达指示："好了好了，别抱怨了。大家好好想象，我们要进入下一个阶段了。请杀死脑海中的秋夫吧。为了我

173

们的目的，尝试用各种方法杀死他吧。死了吗——死了吧——哎呀，刚才还笑得灿烂的秋夫，秋夫他已经不动了。他死了，真的死了。没错，就是这样。想象，认真想象……"

众人又出声抱怨。

"胡子男，你差不多得了。"

"名侦探先生，这样真的能查明真相吗？"

"你是来搞笑的，对吧？"

终于快完成了。胡子男做出了下一步的指示："那么，我们进行下一个阶段吧。秋夫死了。你想要那具尸体，打从心底想要。我想要秋夫的尸体，我想要秋夫的尸体。请储藏室马上变出来。抽奖抽中秋夫的尸体。妈妈、妈妈，我要买秋夫的尸体。我想要尸体，我想要尸体。来来来，认真想，努力想……"

就在这时，他听到储藏室方向传来了"砰"的一声。

霎时，一片寂静。胡子男抑制着兴奋，低声说："来了……"

大家睁开眼睛。混混跑向储藏室，小包也拿起摄像机赶了过去。千金、女仆和厨子同样很着急，当然还有胡子男。六人围在储藏室前，默默地互相交换了眼神，同时点了点头。

开门，开灯。看着储藏室里出现的东西，胡子男忍不住出声："这是……"

屋子内弥漫着可怕的异味。

女仆捂着嘴巴干呕。千金担忧地说："我们去一下洗手间。"

小包把视线从摄像机的监视器上移开，问胡子男："这到底是怎么回事？"

胡子男目瞪口呆，说："储藏室无法变出不存在的东西。在现世，国泽秋夫也是这种状态……"

眼前的尸体已经腐烂了。

眼窝凹陷，皮肤发黑。可能是因为体内黏膜撕裂，液体从尸体四处流出。但是腹部或其他部位并没有破裂。尸体还能辨出人形，大概死了数日或者一两周。

混混捂着嘴走进储藏室，俯视尸体。

"在现世，凶案发生还不到一天呢。可这……"

胡子男也走到跟前，观察着尸体。

"他比我们死得更早。"

国泽秋夫的头部严重受损，口中和衣服上有大量泥土。据此可以推断，他大概是被硬物打死后，被埋在了某处。

"胡子男，国泽秋夫不可能是凶手。"

"对不起，我又推理错了，但……"

胡子男和混混同时指向对方，异口同声："满足了许愿的条件。"

走廊传来厨子的声音："我听到了摩托车的声音。"

胡子男他们四人赶紧过去，但刚到楼梯厅，摩托车的声音就消失了。

胡子男侧耳倾听。这一次，他听到了开门的声音。

混混开口说："喂喂，他该不会是找上门了吧……"

气氛紧张起来。胡子男咽了咽口水，紧盯着通向玄关的双开大门。

不一会儿，门把手转动，门一点点地被打开。人影显现出来。

胡子男对着那人喊了一声："你是谁……"

站在眼前的是一个十几岁的少年，他穿着老气的上衣、松垮垮的裤子。

"我是谁？！这话应该我问你们吧。谁允许你们随便住在我的房子里的！"他的声音是少年的声线，语气却像个大人。

"你的房子？难道你是国泽秋夫？"

"对初次见面的长辈直呼大名，你小子胆子挺大啊！"

眼前的明显是个男孩，但他身上散发着强大的气场。

"说我是小子？你明显比我年轻。"

听到这话，男孩低头看着自己的四肢和衣服笑了起来，像是在怀念什么。

"……原来如此。我是想回到这个时候，回到这个满怀希望和憧憬的时候啊。我明白了。"少年自言自语，抬起头来凝视着在场的四个人，"抱歉各位，情况我了解了。你们是死在这宅子里的人吧？"

"这……是啊。"

"死者应该有六个人，另外两个人去哪儿了？"

"他们现在不在。你还是先说说自己吧，你是谁？"

"我是国泽秋夫，天国宅邸的主人。请别在意我的外表。"

"不，不，我很在意……"

听到嘀咕声，自称国泽秋夫的少年露出令人不快的笑容。

"你们在意也没用，我没有必要向你们解释。我掌握的信息就是属于我自己的。更何况你们还在调查真相吧，那就凭借自己的能力实现愿望好了。"

这个少年应该就是国泽秋夫吧？只是外表截然不同。胡子男困惑之时，混混在一旁低声开口："这个人肯定是国泽秋夫，口气和本人一模一样，还是找到尸体后出现的，应该没错。"

听起来让人难以接受，不过这少年秋夫应该知道一些信息。就算得拍拍马屁，也要套出点话来才行。

"秋夫，你能跟我说说吗，是你创造了《每时新闻》吧？"

"嗯，你说对了……对了，把最后一份报纸交给你们吧。"

秋夫一脸不屑地递过一份叠起来的报纸。胡子男迅速接过。

"最后？你刚才说这是最后一份报纸？"

"是啊。我已经在这个世界获得了肉体，也就无法探知现世的情况了。报纸是靠意识创造出来的，可以继续发行，但无法增加新的信息了。而且，我已经实现愿望了，就先逃离这个世界了。"

"逃离？实现愿望了？"胡子男疑惑地说。

秋夫也面露疑惑地问："这里是实现愿望的世界。你连这都不知道吗？"

"不，我大致明白。但我以为实现愿望后，我们就会一起离开。秋夫先生，你是认为我们会逐一离开吗？"

"认为？不，这就是真理，是这个世界的法则。我来到这个世界大概半年了。天空、大海、岛屿、宅邸……什么都没有的时候我就已经飘荡于此了。我的记忆也已经恢复，大致情况我都了解了。"

胡子男马上把半年时间换算成现世的时间。

"在这个世界半年，那么你在现世是大约一周前被杀的。"

秋夫笑了起来，说："很犀利啊，你很有趣。"

"谢谢，愿望实现是指了解了事情的真相吗？"

"我已经知道真相了。但正如你刚才所说，在现世中，我一周前就死了。我看到了你们被杀死的全过程，因此，知道真相对我来说算不上愿望。我实现的愿望是另一件事情。"

"总之你知道真相对吧，那就请你说说吧。"

"这个我不能说。这是我掌握的信息，你想知道就自己查。你应该有线索吧？"秋夫指着报纸。

胡子男失笑道："这说不定是你胡编乱造的，没有参考价值。"

秋夫神色严肃地瞪着他说："别侮辱我作为新闻人的尊严。我从不写假新闻，从不。"

他的语气中满是坚定。

胡子男正在想如何回答时，混混插话："我相信您，您确实不会写假新闻。"

他第一次听到混混称呼"您"。

"我生前就认识你。你叫福留对吧，是个充满野心的好记者。你在这个世界上也给别人带来不幸了吗？"

"啊？这是什么意思？"混混脸颊颤抖。

胡子男低声耳语："不要被他牵着鼻子走。"

秋夫是个浑蛋。和他对话时必须时刻铭记这一点，否则就得不到任何信息。

他要重新考虑应对方法。此时，女仆和千金从洗手间回来了。他看到秋夫朝千金伸出手，说："噢，好久没见过你这副模样了。你怎么样，还好吗？"

千金被不知从哪里冒出来的陌生少年搭话，明显面露惊恐。她没有回答，而是躲在了混混身后。秋夫露出了些许寂寞的神情，说："原来如此，你也没恢复记忆吗？真遗憾。好吧，那就在这宅邸里快乐地生活吧，毕竟天国有一半是你的。"

——天国有一半是你的。

胡子男不知道这话是什么意思，但大概是在故意暗示什么。

"秋夫，你能不能别拐弯抹角的？你都要成

佛了。"

"正是因为我要成佛了。"他说着，逐一凝视起天国居民的脸，然后嘴角高高翘起，"很高兴在最后的时刻看到了非常有趣的东西。众多愿望交织在一起的时候，就会发生这样的事情。春斗，你在听吗？你不管怎么反抗、挣扎，依旧无法获得祝福。我先走了，你就在这里好好受罪吧。好了，好像还有些时间，不陪你们玩了，我去睡觉……"

突然，秋夫呻吟起来。同时，他的头部溢出大量鲜血。他的衣着由便服变为西服，脸部轮廓开始扭曲，逐渐长出胡子，面容变老。

最后，秋夫倒在了地板上。

少年的身影已然消失，眼前只有满脸胡子的老人尸体。小包脚步踉跄地走近，将镜头对准尸体问："喂，这是怎么回事……"

胡子男神色凝重，严肃地说道："他努力回忆被杀时的情景，所以死了。这可以说是有意图的自杀……"

之后，众人把尸体搬到储藏室保存。

新鲜与腐烂的两具秋夫的尸体并排放着。新的尸体在本人的意识下，随时可能复活。六个人期待着他醒来。要想打破这一混乱局面，最快的方法就是询问了解真相的人。

因此，众人一致同意，在国泽秋夫醒来之前不就案件进行讨论。或许是大家都不想知道详细情况吧。这个案件背后隐藏着阴暗的、令人不愿正视的真相。

然而，国泽秋夫根本没有醒过来。

八

天 使 们 的 收 获

　　第二天的早餐依旧是培根煎蛋，但与以往的明显不同。大概是使用了圆形模具，煎蛋呈现出直径十厘米左右的漂亮圆形，整体金黄，边缘的蛋白焦脆得恰到好处。煎蛋上撒了欧芹碎和黑胡椒，盖在同样大小的薄薄的英式玛芬面包上，看上去就像高档酒店出品的早餐。

　　"英式玛芬是昨天烤好的，我还准备了自制的番茄蛋黄酱和车达芝士酱，各位可以按口味选择。"厨子说完便坐下了。

　　"好吃！这是什么？真好吃，厨子，真的很好吃！"混混兴奋地说。

"的确好吃。我第一次吃到这么美味的东西，虽然只是在我有记忆的这一周里。"

听到这话，坐在旁边的千金一脸哑然，接着说："胡子男，你别总说些不中听的，要夸就直接点。"

看千金这个样子，厨子笑着说："没事，我知道胡子男就是这样的人。"

"不，我只是开个玩笑。我真的觉得很好吃。"

"谢谢，我知道你的意思。"

餐厅内响起一阵笑声。

"小包，料理都拍下来了吗？"

"当然，厨子厨艺的进步过程我都记录下来了。"

女仆接着小包的话补充："小包昨天还拍了厨房呢。"

"昨天拍到了很棒的画面。"

看他说话时一脸笑容，千金问道："你拍下我责备厨子的时候是不是还笑了？"

厨子羞愧地低下了头，说道："我做得还不够好，对不起……"

"你不用道歉，我觉得你已经很厉害了。就这道菜来说，都能拿去餐厅卖了。短短几天就进步这么多，以后……"说到这里，混混住了嘴。

厨子又再次开口："谢谢。对我来说，这里就像一个小餐厅。我负责烹饪，女仆是侍者，大家都是老顾客。在老顾客的支持下，我和这家店都得到了成长。今后我也会继续努力。"

"那可得给你做个采访。隐藏的名店，店主和顾客还都是天使。"

"哎，别忘了还有作为活招牌的女仆。"

闲聊一直没停，所有人都害怕静下来，因为一不留神就会想起案件。之前他们以为只要查明真相，一切就会结束。但实际上，在这个过程中有可能必须直面一些他们不愿面对的事情。有人或许有过阴暗的过去，有人或许做了让人杀之而后快的事情——他们六个人太过亲近了，谁都无法接受这样的可能性。

这就是国泽秋夫的目的。秋夫是个浑蛋，更准确地说，是个性格扭曲的家伙。他在那次短暂的交谈中，散布了很多恶毒的想法。他成功将淤泥般的猜忌植入了众人内心，才心满意足地睡去。他宛如夺走天使祝福的恶魔。从某种程度上来说，他的确算得上一个人物。

为了暂时忘记他的存在，大家都表现得很开朗。然而早餐结束后，空气还是有一瞬间的凝滞。

混混见缝插针地叹了一口气，接着说："好了，差不多该聊聊了吧……"

聊聊——大家知道他是什么意思，齐齐地看向混混。

"其实，我和千金一起去看过几次储藏室里的情况，结果……"

胡子男接过他的话："国泽秋夫消失了。"

"你也发现了啊。"

"其实我也经常去储藏室查看。虽然没有看到尸体消失的瞬间，但今早六点我去的时候，新的尸体已经消失了。我认为国泽秋夫应该已经成佛了。"

混混再次叹息道："是的，我们已经无法从国泽秋夫那里得到信息了。而且和他说的一样，今早没有报纸送来。那我们就只能凭借已知信息调查真相了。"

说完，他从身后拿出报纸，大概是事先就准备好了。

"大家应该都看过了吧？"

那是《每时新闻》"二〇一九年七月二十一日二十四时号"，也是最后一份报纸。

被摊开在桌面的报纸上，增加了极短的信息。在"死者是"这句话后面，写着六个名字。

天野菊子

国泽春斗

佐佐木日向

田边优

成濑秀明

福留敦彦

六人默默地注视着这些名字。

一片寂静中，混混再次开口："根据国泽秋夫所说，我似乎叫福留敦彦。但我生前好像对自己的名字不甚在意，因此对这个名字丝毫没有印象。大家以后还是叫我混混吧。"

为谨慎起见，胡子男开口确认："混混，你觉得我们能相信上面所载的内容吗？"

混混抱着双臂，深深点头说："国泽秋夫不会说谎。这一点还是可以信任的。"

"不会说谎。也就是说，可能会删减或隐藏信息。"

"没错，记者就是要抓住读者。因此，他们也会做些博眼球的事情。请大家看看这份报纸。这又不是选举情况速报，为什么要单单写上了几个名字呢？他恐怕是猜到了我们这些读者最关心的是什么，所以最后一份报纸还要捉弄我们一番。"

"仔细想想，秋夫也是个孤独的人，临终遗言竟然是这个。"

"不，我很佩服他。那个满脸胡子的老头，始终坚持着身为记者的信仰……那么，有谁知道这些名字吗？"

混混问完，小包指着其中一个名字说："我很熟悉这个名字，一看到我就想起来了……"

胡子男也马上指向同一个名字："我也知道，这个叫成濑秀明的人。"

混混兴奋地探出身子说："你们两人居然都认识这个人。他是谁？"

小包想要回答，却被胡子男打断："小包，我来说，你先等等。"

看到大家都朝他看来，胡子男深吸一口气，谨慎地开口："成濑秀明，是一个知名演员。他以童星身份出道，二十多年来一直活跃在第一线，但近期宣布隐退。虽然记忆很模糊，但事发当天，他应该也在天国宅邸。不是同名同姓的其他人，正是他本人。"

听到这话，混混眯着眼睛，扯起嘴角说："知名演员死于连环杀人案，这可是个特大新闻。在现世应该会引起骚动吧？所以，他就在我们中间，不是吗？别卖关子了，快说。"

胡子男望着小包，然后耸耸肩说："抱歉，我记不起他的长相。小包，你也是吧？"

"嗯，对……我也想不起来了……"

混混感到可惜似的皱了皱鼻头，靠在了座椅靠背上。

"那其他人呢？还有人知道这里的名字吗？"

千金指向天野菊子这个名字。其余五个人都在等她说些什么，可她迟迟没有开口。

混混不耐烦地问道："千金，这个天野菊子是谁？"

她迟疑地开口："天野菊子是我的名字……抱歉，我没找到机会告诉大家。其实，我想起来自己的身份了。昨天，国泽说到'天国的一半'时，我就想起来了。"

"你的记忆都恢复了吗？"

"不是全部，只是想起了关于自己的事情。混混和小包也不只想起了自己的职业吧？我也差不多。"

"那千金你生前是个什么样的人？"

千金一时沉默，之后缓缓地摇了摇头说："我不想说……我不想说……"

"啊？我不想强迫你。但国泽秋夫说，天国有一半是你的。这句话到底是什么意思，我必须弄清楚。"

"国泽那样说应该只是为了讨我嫌。他总会说那种话，一点都不懂得委婉。相信我，这件事与真相无关。"

"你很了解国泽秋夫啊。你怎么知道什么事情与真相无关？千金你不也是仅靠'天国的一半'这句话就恢复了记忆？你挑愿意说的说就行，把你的事情说出来吧。"

听到这个请求，千金妥协地低下了头说："……那我就说一点。'天国宅邸'这个名字来源于天国报社。而这个报社的名字取自'天野'和'国泽'这两个姓氏。一有事，国泽就会以此逼我保护公司和宅邸。然而，他嘴上总说这是为了我，并说宅邸有一半是我的。"

"怎么回事？天野家和国泽家是世交吗？"

"我都说了我不想说！"

两人之间剑拔弩张。

胡子男虽然觉得麻烦，但还是开口劝解："你们俩都冷静点。混混，天野家和国泽家的事情应该真像千金说的那样，和真相没有关系。还有比这更重要的事情要问，对吧，千金？"

"问我吗？什么事？"

"你以前就住在天国宅邸。"

胡子男盯着千金，她却冷笑了一声。

"我果然很讨厌你，可惜了一张好看的脸蛋……好吧，看来我还是得说这件事……"说到这里，千金盯向女仆，"女仆，你是谁？"

被问到的女仆默不作声。

混混一脸困惑地问："千金，你这是什么意思？"

"什么意思？字面意思。女仆不是这座宅子的女佣，因为我才是天国宅邸的女佣。"

众人一阵惊惧，女仆更是慌乱得嘴唇颤抖。

混混和小包看看千金，又看看女仆，最后将视线定在女仆身上，像是在催促她开口回答。

女佣结结巴巴地开口："我……我是谁？对不起，我不记得了……"

千金露出一个如雕塑般的完美笑容。

"我不是要责怪你，也没有生气。我很喜欢可爱的你，所以请你告诉我，乖。"

"我真的不记得了……"

"那你为什么要住在佣人房呢？那是我的房间吧？女仆你住在那里，导致我连想起自己的死亡地点都费了很长时间。我不会生气的，你老实说吧。"

"是真的。我脑子一片混乱，想不起来了。我穿着这件衣服，所以就以为自己是女佣。我没有做坏事……"

"那是自然，你怎么可能做坏事呢？我只是想知道真相。你不说真话，我也保不了你……"

女仆睁大眼睛，牙齿打战，全身都在发抖。

厨子跑过去抱住她，低声安抚："女仆，冷静点，没事了……"

看她这个样子，实在没办法继续问话了。

胡子男手指着千金，做了一个裁判吹哨的动作。

"哔哔——千金，你的表情很吓人。"

她仿佛清醒过来似的一瞬间挺直了脊背，复又低下头去摇摇头。胡子男打了个响指，这次则是指向了小包。

小包点点头，用力拍拍手。

"好嘞，我们就先聊到这里。大家解散吧。"

自然无人反驳。大家都低垂着视线点了点头。

离开餐厅后，胡子男独自走向会客室。

他躺在被害人躺过的沙发上，虽然腿稍稍伸出沙发，但这个姿势很舒服。胡子男就这样躺着，不停地思考。

国泽秋夫故意透露了很多信息。但其中最大的线索或许并不是这些繁杂的信息，而是他本人。如果他现在想到的可能是真的，那就能确定谁是凶手了。

如此一来，那凶手就是有意做伪证了。也就是说，那人应该已经恢复了记忆。胡子男想到这里时，门开了。

"胡子男，你在这儿啊。"

是小包的声音。胡子男从沙发上坐起身。

"你说在这儿……你是在找我吗？"

"啊，算是吧……"小包说着坐在对面的沙发上。

胡子男知道他为什么找自己，但他有意装作不知。

"我正在推理，过程挺无趣的。你还是去拍别人吧。"

"别人？他们好像没这个心情。"

"女仆还是不舒服吗？"

"女仆恢复精神，去散步了。但千金似乎还是很低落，混混在拼命安慰她。"

"也不知道该说他们的关系是好是坏。"

胡子男随口应着，小包却投来了审视的目光。

"胡子男，你很冷静啊……"

"没有的事，我只是在强装镇定。"

两人之间产生了微妙的隔阂。小包垂下眼眸，嘟囔了一句："胡子男，你是凶手吗？"

"啊？为什么这么说？"

"因为混混说你是凶手，而且……"他抬起头来，盯着胡子男说，"你为什么不承认自己是成濑秀明呢？以你的长相，一看就是成濑秀明。"

胡子男咽了口唾沫，紧张地回答："你可能猜错了。虽然我还解释不清楚，但总之我不是。我不可能是什么有名的演员，实在不敢当……"

小包歪着头，一脸不相信。

"你至少也是个演员吧？我一直觉得你的台词和动作一看就不是普通人，一定是位知名演员。"

"不不不，我不是演员，不是什么知名演员。"

"你这么肯定，看来你恢复记忆了？"

"为什么在这种时候你的言辞如此犀利？你平时都很迟钝……啊，对不起。还有，刚才谢谢你帮我遮掩。关于成濑秀明的事情，我不能肯定，不想给大家造成不必要的误解，所以没有说。"

"你发现什么了，对吧？"

"啊？嗯，我想厘清思绪了再告诉大家。"

"不愧是名侦探，我很期待。"

小包眼睛发亮。胡子男很奇怪，为什么人到中年还能有这么单纯的面容？还有，为什么这样的人也会被杀？

这时，在院子里散步的女仆进入他的视线。

胡子男起身，靠近通往庭园的玻璃门。

"小包，我有事出去一下，回头见。"

"啊，好，一会儿见。我去拍厨子好了。"听到这话，胡子男突然想起了什么。

"对了，你待会儿能把摄像机借给我吗？秋夫的尸体还在储藏室里腐烂，我没办法变出东西来，只能拜托你了。"

"你要借多久？"

"不一定，快的话几分钟，慢的话几个小时。"

"行，我晚饭后可以借给你。"

"好，那我到时候去找你，回见。"

胡子男打开玻璃门进入庭园，四处寻找女仆的身影。女仆正俯视着信箱附近的花丛。

"那里有什么东西吗？"

听到背后的问话，女仆转过身来，神色疲惫。

"没有，没什么。"

胡子男蹲在女仆旁边，盯着泥土翻出的灌木丛。灌木丛里有个大洞，像是自地下产生的，导致周围的泥土塌陷。

"唉，难得的花苗被糟蹋了。这是女仆种的吗？"

"抱歉，我不记得了。"

"自称是天国宅邸女佣的千金前天说过，天国宅邸的庭园里不种市售的花苗，你知道这件事吗？"

"不，我不知道。"

"种花苗的肯定是宅邸里的人，但这人又对侍弄庭园没有什么经验。那他为什么要翻土？为什么现在才挖洞呢？你觉得这是为什么？"

他说着抬头看向女仆。女仆神色痛苦。

"你或许不相信我，但除了被割喉杀害，我真的什么都不记得了，也不像其他人一样想起了什么……"

胡子男再次看向花丛中的塌陷处。这恐怕是国泽秋夫的尸体造成的。

"秋夫吗……这样啊，我相信你的话。国泽秋夫仅靠意念就发行了报纸，的确厉害。"

"……怎么突然提起这个？"

"你听我说，天国是由共识和愿望创造出来的，这是我来这座宅邸时你告诉我的。也就是说，我们的愿望影响着这个世界。

"例如，可以靠意识死而复生，储藏室的神奇功能，国泽秋夫能发行报纸……这些都是依靠愿望的力量实现的。这种力量比我们想象的还要强大。所以，你不愿回忆的愿望或许就是你失忆的原因。"

胡子男看了看女仆的神情，她似乎在沉思什么。

胡子男继续说："我是这么想的。我们想不起自己的名字，哪怕看到死亡者名单也想不起来。混混和千金想起了自己的名字，但那是因为有国泽秋夫的提示，而我却记起了自己敬仰之人的名字。这不是很奇怪吗？我们或许是出于自身愿望而抹去了记忆。我们想要忘记那些后悔和痛苦的事情，为了重获新生，刻意将生前的名字、经历都抹去了……"

"就像修剪玫瑰，为新芽剪枝。"

"没错，就是这样。而你想要遗忘的愿望比我们其他人都要强烈，仅此而已。这是一个实现愿望的世界。我们已经实现了消除记忆的愿望。可遗忘之后我们就忘记了自己曾经的愿望，于是又想要知道真相。"胡子男起身，面向女仆说，"我原本想说的不是这些。我有很多问题想问，但如果你没有恢复记忆,我也没办法问什么。我要进去了,谢谢你陪我。"

他转身想要离开,却被女仆叫住:"胡子男先生,实在对不起。我刚才说了些谎。"

胡子男转身歪着头:"是吗?"

"是的。除了被杀的记忆,我还记得一件事。我想见一个人。因为记忆很模糊,我想不起那个人的模样和名字,但我知道他是一个对我非常重要的人,以至于我不想完全忘记他。"

胡子男微笑起来,声音温和。

"或许,女仆对那个人来说也很重要吧。"女仆紧抿着嘴,犹豫地点点头。

胡子男轻轻一挥手,离开了庭园。

太阳下山后,他就窝在自己的房间里反复阅读《每时新闻》。

午饭后和晚饭后,众人也进行了简单的交谈。谈话主要围绕死亡名单展开,但仍然无法确定那些名字属于谁。千金什么都不愿意说。女仆什么都不记得。再加上名单上的名字甚至让人猜不出是男

201

是女。

"那个胡子大爷是故意的吧……"

国泽秋夫故意没在报纸上公开年龄和性别等重要信息。他一定是选择了不说谎也能给他们添麻烦的方法。这似乎不是出于向凶手复仇或捉弄他们的目的，而只是他单纯想这样做。从千金对他的评价中也不难看出这一点，这就是他为什么会被杀了。

胡子男叹了口气。

报纸上的内容与他的猜测一致。剩下的就是做实验来获得确凿的证据了。

国泽秋夫以少年的模样出现，却以老人的模样死去。如果……

胡子男把借来的摄像机安在三脚架上，按下录像按钮。然后他躺在床上，闭上眼睛，努力回忆被杀的那一刻。

画面在脑海深处闪烁。他看到一个昏暗的房间，烛台式样的壁灯闪着光。

有人过来了。那是张熟悉的面孔。敬仰，不，接近崇拜的感情充斥了内心。

——怎么这个时间过来了？

——我有事找你。换件正装。

他走向穿衣镜，准备系领带。一个有着熟悉面孔的人站在他身后。壁灯的光照亮那人的面庞，他蓄着胡子。

——是要准备什么惊喜吗？为什么要换正装？

——为了一个小小的祝福。

他手边有一样东西闪过白光，那是一把剔骨刀。

划出一道笔直的白色轨迹，喉咙上的伤口像是咧开嘴在笑，流出汩汩鲜血。一阵剧痛传来，他猛地睁大了眼睛。他清晰地感受到了死亡。

衣服猩红而濡湿。不，被浸湿的是枕头。这是梦吗？他还在现在的房间吗？混乱的思绪逐渐冷静，映入眼帘的景象逐渐扭曲。

很快，胡子男躺在床上，连呻吟都没能发出就断了气。之后不知过了多久，他醒了过来，从能让人想到夜晚大海的浅眠中苏醒。他可不想还没知道真相就死去。正是因为这样的愿望，或者说是干劲，他顺利复活了。

胡子男起身环视四周，发现和死前没什么变化。他看了看表，只过去了几分钟。

"好痛，我再也不想死了……"

他安抚一般地摸了摸脖子，然后连忙上前检查摄像机。都拍下来了，他立刻查看录像视频。

他选择死前开始录制的那条视频，按下播放键。画面中映出了他躺在床上鲜血直流、抽搐不止的模样。

看完视频，胡子男坐在床上抱着脑袋。

"我就知道……我不可能是什么帅哥。我果然不是什么有名的演员……没错，我是……"

那无法绚丽绽放的杂草。

九

愿 望

"感谢您今早也光临本店。"厨子和女仆深深地低头鞠躬。

一时间，餐厅里安静下来。刚才的气氛还热闹得非同寻常。此时众人都有些忐忑，生怕早餐结束后又要开始一场毫无意义的争论。胡子男在这种气氛中小心翼翼地举起手。

"那个，我有些事想和大家谈谈。"

有气无力的目光聚集在他身上。众人都保持沉默。

看到无人反对，胡子男连忙切入正题："我其实已经知道了事件的真相。"

混混对这话不屑一顾，说："凶手果然是你？"

"能别开这种玩笑了吗？我是认真的。"

"那你快说说真相是什么吧。"

"我就是在犹豫要不要说。"

众人一时有些疑惑。

混混眯着眼睛，缓缓地说："你是打算自己成佛吗？"

胡子男微微摇头："我不是这个意思，相反……"

"别装模作样了，快说！"

胡子男下定决心一般深吸一口气，说："我觉得，大家也可以选择不成佛。"四周再次一片寂静，其余五人都陷入了沉思。

胡子男继续解释："如果放弃查明真相，忘记这个案件，我们六个人就能永远一起生活、一起玩乐。这样就能每天去海边，每天去厨子的餐厅，收拾好储藏室就可以通过许愿得到想要的物品。我们可以拍电影，还可以随心所欲地写报道。这样的生活不开心吗？如果厌倦了这样的生活，我们也可以自行选择时机死去。"

无人回应。这也正常，胡子男从昨晚一直纠结到现在。没人能立刻做出决定，今天的谈话到此结束了。

正当他这么想时，一个声音响起："我想知道真相……"

那是女仆微弱的声音。

"我想知道真相，想知道自己是谁。我生前有一个很大的愿望，真的有。但我连愿望是什么都想不起来了。如果查明真相就能恢复记忆，那么我想知道真相，感觉只有这样，才能填补我内心的缺憾。"

他从女仆的表情中读到了坚决。虽然她不想明说，但她口中的愿望应该与昨天所说的重要的人有关。

胡子男环顾四周，想知道其他人是怎么想的。

他和千金四目相对。她露出了温和的笑容。

"我也想知道真相。与其说想知道，倒不如说我必须接受真相。有人也说过，这里是残留的执念所创造的世界，我们还是尽快逃离这里为好。"

混混接着开口："'有人'指的不就是我吗？我也觉得千金说得对。不去调查真相，就像是在逃避，我感觉不太安心。"

胡子男一脸沉重地对混混说："等你听了我的推理，你可能会后悔没有逃避。"

"别这么悲观。一直以来，你的推理基本没对过。"说着，他狡黠一笑。

胡子男也笑了。"一直以来"这个词让他觉得很有趣，它代表着时间的积累。虽然只过了一周左右，但他们六个人总是待在一起，一起交流。

"……这样啊，我明白了，那我们就一起查明真相吧。"

现在的他们就像返璞归真的花朵，而经过的时间和过去就是茎和根。虽然茎和根朴实无华，但如果没有它们，绽放的花朵便只能是扭曲的仿制品。因此，还是要找回曾经的、一直以来的、原本的自己，找回真相。

"大家有异议吗？"

没人说话。

胡子男点了点头说:"大概一小时后,上午九点,请大家在楼梯厅集合。"

众人暂时解散。

厨子进了厨房,混混和千金朝二楼走去。

胡子男想让小包帮忙做准备,可他还没开口,小包就走了过来。

"胡子男,在楼梯厅集合是要演讲,对吧?"

"啊,对。"

"能拍出好的画面吗?"

"其实,我还想向你借用摄像机,你先别拍了。"

"啊?那太可惜了……"

"但我可以让你看到一些令人震惊的东西。"

"那真是太好了,我很期待。"

"期待?小包你可真是我行我素啊……"

他们交谈时,胡子男感受到了一道视线。女仆在餐厅的角落神情不安地注视着这边。

胡子男结束了和小包的对话,走到女仆跟前。

"女仆,你放心,没事的。"

"你这口气好像看透了一切。"

"是的。因为你最重要的人一定会出现、帮助你的。"

当然，女仆并不明白这句话的真实含义，但胡子男不打算多做解释，转身离开，去准备演讲了。就算现在不解释，也很快就能真相大白了。

楼梯厅里安上了大电视。当然，电视接收不到任何节目。胡子男打算将它当作监视器屏幕。他请小包帮忙连接各种电线。

做好准备后他抬头一看，发现天使们已经到了。大家个个神情微妙，像是在思考什么。说起来，刚来到这个宅邸时，聚集在此的六人也是这样的表情。胡子男不由得感慨。

时间快到上午九点了。胡子男缓缓鞠躬，收拾心情。他不需要赘述。

——来吧，最后的舞台即将拉开帷幕。

胡子男仰望天花板。从窗户洒下的光像是舞台照明一般，柱子和腰壁闪着红金色，周围被染成绚烂的颜色。为了不负这份美丽，为了身披这份美丽，胡子男身姿笔挺。他抬头大口吸气，再一边吐气一边低头。他的双手轻柔地向左右张开，然后缓缓地交叠在小腹前。他抬起头来，目视前方，然后说出了开场白："这里是天国。"

气氛瞬间紧张起来，安静得仿佛时间停止了一般。没有人开口说话，大家都注视着台上。

"这里是实现愿望的世界。"

他再次深呼吸，依次凝视每个人的脸。他充分享受着此刻静谧的背景音，然后眯起眼睛，压低声音。

"也是一个被愿望扭曲的世界。"

胡子男后退半步，转身向右，缓缓走动起来。

"……天国的居民们都有愿望。当愿望实现时，他们就能从天国解放。这是天启，是真理，是法则。那么，愿望是什么呢？首先，所有人都有一个共同的愿望，那就是弄清案件的真相。其次，每个人也有各自的愿望。这座宅邸的主人国泽秋夫，已经实现了这两个愿望，顺利成佛了。他的个人愿望是什么呢？"

他看向其余五人。大家似乎在思考。

"这个问题暂且放一放，先来想想我们的愿望是什么。小包的愿望是拍电影，混混的愿望是新闻独家采访。那余下的四个人呢？"

他驻足询问，厨子举起手说："我想做一个好厨师……"

"好的，这是一个美好的愿望。"

胡子男环顾四周，用眼神询问其他人。这次，千金举起了手，说："我想遇到一个好男人。"

"这也是一个美好的愿望。"

为了确认，他也看向了女仆。但果不其然，她什么也没说。确认没人要开口后，胡子男继续说道："如果把一些小事也包括在内，大家还有很多其他的愿望，但我想应该不包括那些。其实，包括我在内的四个人，都有一个共同的愿望——确切地说，是曾经有过，而且这个愿望和国泽秋夫的相同。"

胡子男停顿了一下。五位观众似乎没有理解他的话，露出困惑的神情。

为了稳定大家的情绪，胡子男决定进入正题。

"今天，我将就事件的真相进行说明。我刚才说的都是关于愿望的事情。这似乎与真相无关，但正是这种强烈的愿望扭曲了我们通往真相的道路。相反，只要将隐藏的愿望揭示出来，一切就能迎刃而解。"胡子男抽出插在屁股口袋里的报纸，高举起来，"众所周知，这是国泽秋夫创造的《每时新闻》。前几天，我曾说上面报道的内容存在虚假信息。大家还记得吗？还记得吗……"

胡子男用卷起的报纸逐一指向众人，确认所有人都点头后，开口说道："那就请大家都忘了吧！"

小包噘起嘴唇说："我就知道你会这么说。"

胡子男对他鞠了一躬致歉，继续解释："这些报道已经确定大部分都是事实。前几天我以国泽秋夫是凶手为前提，判断其中存在不符合逻辑的部分，但国泽秋夫却是在一周前去世的。他当然不可能杀死我们，也没必要在报道上撒谎。所以，我们可以认为报道是真实的。你觉得呢，混混？"

"没错。昨天我也说了，国泽秋夫是不会写虚假报道的。"

"那接下来的谈话就以报道内容皆是事实为前提。如果报道都是真的，那么三天前提出的来到天国的顺序是尸体被发现的顺序、尸体被替换的说法就是可信。我一直认为到来顺序的推理是正确的，或者说肯定是正确的。但后者，怎么说呢……的确存在不合理的地方……"

胡子男故意犹豫了一下。

厨子小声说道："没有证据否定这一说法吧？"

胡子男避开他的视线，把报纸扔在电视机旁。

"你先别着急，的确不能完全否定这一说法。但正如我前几天所说，替换尸体没有任何好处。最重要的是，我不认为这起案件的凶手会如此精心谋划。"胡子男缓缓竖起食指，谨慎地继续道，"你想想，首先，案发时我们之所以停留在天国宅邸，是因为大雨使得我们被困在了这里。也就是说，这是个巧合。因此可以推断，这明显不是有预谋的犯案。"

他用力挥动竖起的手指。

"其次，凶手杀人的手法十分古怪。他用一把名为剁骨刀的砍刀将我们割喉。可用菜刀刺杀不是更容易吗？你觉得凶手为什么要用这种方式杀人呢？"

胡子男抛出问题。混混一拍手，说："或许割开

214

喉咙这一行为本身是有意义的？”

胡子男噘起嘴，一边耸肩一边摇头。混混用力“啧”了一声。胡子男看到他的反应不禁笑了。

“我也和混混有过相同的想法，但事实应该并非如此。如果目的是完成这一行为，凶手应该事先就准备好凶器，可凶手使用了放在宅子里的刀具。那么，为什么要进行割喉呢？如果清楚厨房的情况，就能理解了。对吧，千金？”

被问到的千金自信地回答：“是不是因为凶手只找到了剁骨刀？”

胡子男指向她说：“正确。剁骨刀挂在墙上，很是显眼。而其他刀具都被收纳起来了，不容易找到。因此，凶手拿起了剁骨刀。它的刀刃是长方形的，无法刺入，所以凶手不得不选择了劈砍。”

胡子男张开双臂，发表总结陈词。

“从以上情况来看，凶手应该是冲动杀人，所以不会做出替换尸体这种麻烦事。”

听到这里，混混露出了怜悯的表情。

“但这只是你的推测吧？如果你相信报纸所说，

那么替换尸体就是必需的，而且能替换尸体的人是有限的。还有，你说过凶手是个留着胡子的家伙。你是不是又想说让我们忘了它？"

胡子男盯着混混的眼睛。

"不，请大家别忘记，凶手是一个留着胡子的男人。"

"那么，很显然，你就是凶手。"

"不，不是我。"

"没有其他长胡子的男人可以替换尸体。"

胡子男从混混身上移开视线，转向其他人。

"为了厘清思路，我再说一次混混把我作为凶手的根据。我们是按照发现尸体的顺序来到天国的。第一个到来的是女仆，所以最先被发现的尸体应该是女性。但急救队员在会客室看到的尸体是男性。为了解释这个矛盾，只可能是尸体被替换了，而能做到这一点的只有我和小包。此外，凶手留着胡子。满足这个条件的只有我胡子男。"胡子男停顿了一下，等众人的注意力都集中到他身上后，缓缓开口，"但是，我有证据同时否定这两个根据。"

混混皱起眉头说："证据？"

"是的，其实我不太想给你们看……"

胡子男边说边操作摄像机。电视屏幕上，是胡子男安静地闭眼躺着的静止画面。胡子男叹了口气，语气沉重。

"嗯……我现在，要播放一个有些骇人的视频。看完这个视频后，真相就会大白。大家做好心理准备了吗？"

胡子男环顾四周，其余五人严肃地点点头。胡子男深呼吸，按下了播放键。

电视画面中的胡子男痛苦挣扎起来，全身抽搐，颈部开始大量流血。

很快，那张脸变得煞白，面容扭曲，胡子消失了。

小包愣愣地说："这到底是怎么回事……"

胡子男按下了暂停键。出现在电视屏幕中的并不是留着胡子的帅气男人，而是一个没有胡子、长相平凡的男人。胡子男闭上眼睛，低着头。

"这不是特效吧？"

混混嘟囔了一句。

胡子男睁开眼睛，语气无力地开始说明。

"这不是特效，我没有那种技术和器材。这就是我生前的样子。我不是帅哥，明明叫胡子男，但其实没留胡子。"胡子男扯出一个自嘲的笑，"……有人应该并不感到惊讶吧。或许有人已经注意到了，但我还是要为尚不清楚的人解释一下。国泽秋夫出现的时候是少年的模样，也就是说，他生前和他在天国的模样并不一定相同。但你努力回忆死去的瞬间时，就会恢复成死亡时的模样。"

四周一片寂静。

胡子男关掉电视。

"我不想让大家看到太多，就先关掉了。混混和小包先生死亡时没有改变模样，所以应该和生前相同。那其余四人呢，模样与生前是不同的。为什么会不同呢？我们回到开头所说的愿望。其余四人加上国泽秋夫，都希望能改变自己的外表。对吧，千金？"

胡子男斜眼看着千金。

"我不明白你在说什么。"

"别装傻了。你不是天国宅邸的女佣吗？你对宅邸很了解，我对这一身份并不怀疑。但报纸上说，国泽秋夫二十五年前离婚，此后和儿子春斗及女佣三人一起生活。他们的女佣不可能是个十几岁的少女。而且秋夫对你说，好久没见过你这副模样了。一开始我还以为他是很久没见过千金了，但秋夫看到了我们在现世时被杀的场景，所以他的意思其实是很久没见过千金十几岁的模样了。报社成立时间是一九八一年。既然千金参与了报社创立，那就算当时不到二十岁，现在也已经六十岁左右。也就是说，你已经是老年人了。"胡子男指着千金的脸庞，她神情痛苦。

"你真的太多嘴了，所以我讨厌你。"

混混则语无伦次地说："千……千金，你……你真的比我大吗……"

"嗯，对不起，我和国泽秋夫同龄。"

虽然不知道发生了什么，但混混非常震惊。

其他人虽然不像混混那样备受打击，但也很是惊讶。胡子男打了个响指，将众人从震惊中唤醒，再次将注意力聚集到他身上。

"好了，接下来就该揭露个人隐私了。"瞥了一眼众人的反应，胡子男随即开口，"但在此之前，我觉得只追问大家的隐私是不公平的，所以我想和大家聊聊我昨晚回忆起的事，我自己的过去……"

他调整呼吸，尽可能用平静的声音开口：

"我是演员成濑秀明的跟班，虽然表面上我是他的经纪人，但我也要照顾他的日常起居，所以跟班这个说法或许更准确。

"我从小就很敬仰他，二十五岁之前，我一直立志成为一名演员。我加入了他所属的事务所。我曾经非常努力，上课时也是最用功的，但根本没能成功。刚才的视频你们也看到了，我长得丑，人也笨，根本没人赏识我。所以，我放弃了演员的道路，转而将自己的梦想寄托在了成濑秀明身上，让他更加闪耀才是我的人生目标。我对他已经到了崇拜的地步，但其实我内心深处还是没有放弃演员的梦想。因此，来到这个世界后，我变成了他的模样……"

小包露出悲伤的表情，说道："原来是这样。"

"实在对不起。上镜的是成濑秀明的脸，而不是我的。"

"不，你是一名很好的侦探。"

"啊，谢谢……"

各种感情交织在一起，胡子男说不出话来。他只能低头大口呼吸，然后抬起头来盯着五个人。

"而我的人生，被成濑秀明终结了。"

台下一阵骚动，胡子男像挥指挥棒一样挥动食指。

"这个案件的凶手是留着胡子的帅气演员成濑秀明。大家面前的这张脸就是凶手。当然，说的不是我，真正的成濑秀明才是凶手。"

说完，混混出言反驳："我不是说你在说谎，但仅凭个人记忆就断定他是凶手，是不是有些强词夺理？说不定是你记错了。"

"你说得对。但请放心，我并不打算仅凭记忆寻找凶手。我刚才也说过了，接下来我要揭露大家的隐私。"

胡子男说完缓步走起来。余下的五个人应该都害怕了，他们屏住呼吸等待他接下来的发言。

胡子男则淡然地开了口："大家或许已经意识到了，既然面容可以改变，那么性别的矛盾也就迎刃而解了。正如我刚才所说，十有八九没有替换尸体一事。也就是说……"他停下脚步，凝视着所有人，"女仆生前是个男人。"

众人都看向女仆。她眼神空洞，全身颤抖。

这是他意料之中的反应。胡子男想接着说下去，厨子却在此时插话。

"等等，不能就此下定论吧。你不也没办法彻底否定替换尸体的猜想吗？再说，千金和秋夫虽说变了模样，但只是变年轻了，胡子男你也只是长相变了。可是性别……"

厨子的话并没有打断他的思路，反而和他想说的不谋而合。胡子男加重语气问厨子："原来如此。你是想说，没有确凿的证据，所以你无法接受，对吧？"

"这，我……"

厨子似乎发现自己失言了，神情惊慌。胡子男神色冷淡，耸耸肩。

"想确认女仆是男是女很简单，让她在大家面前死去就行了。"他快步靠近女仆，干脆地命令道，"女仆，请你死去吧。你知道该怎么做吧？"

女仆颤抖着摇摇头。

"你只要努力回想死去时的场景就行了，来吧。"

"我不要，对不起……"

"这很简单，只要你努努力就能活过来。"

"我不……我不要变回原来的样子……"

"这是为了查明真相，你不也想知道自己是谁吗？！"

"不！我不要变回去！不要！"女仆凄厉的喊声让众人感到些许不安。

"胡子男，你是不是做得太过了？"

"是啊，我不想看女仆这样。"

"先休息一会儿吧，大家冷静下来再聊。"

但胡子男依旧盯着女仆，继续劝说。

"闭嘴，马上就要真相大白了。来吧，女仆，请你死去吧，快点死！你就是个男人！"

女仆双手捂着脸失声痛哭。

"住手！"一道声音响起。

众人一下子被那声音吸引。那声音是如此有存在感。胡子男慢慢地转向出声的人。

"很有魄力啊，不愧是知名演员。对吧，厨子？"

厨子与以往截然不同，露出一副凶神恶煞的样子。

"够了，别再逼她了。"

"不行。"

"到了这个世界你也要折磨她吗……"

胡子男嘲讽一笑："我不知道你在说什么。"

他已经没有任何掩饰的意思了，直白地说出了怨恨的话语："浑蛋！你来了天国还不悔改吗?！"

胡子男低着头，语气平静地说："大家听到了吗？杀害我们的凶手成濑秀明，正是厨子。"

楼梯厅陷入死寂，连衣衫摩擦的声音也消失了，变为了彻底的寂静。这时，女仆像是投降般瘫坐在地上。

胡子男向千金发出指示："不好，千金，扶住女仆。”

千金跑向女仆，让她倚靠着自己坐在身旁。

胡子男再次转向厨子，温和地开口：“你放心，我并不是真的想让女仆死，只是在演戏。如果为了找到凶手而杀人，那就本末倒置了。”

厨子似乎恢复了一些理智，但眼睛里仍然满是怒意。

“那可不一定。想想你生前的所作所为，不是做不出这种事。”

“对不起，我不记得我做过什么了。”

“你已经想起自己是谁了吧，失忆对你来说真是件好事。”

“的确，能够实现愿望的世界真的很好。”说完，胡子男将视线转向其他人，“我也跟女仆说过了，出于自身的愿望，我们抹去了不愿记起的回忆。后悔、痛苦还有过错，这些记忆都被抹去了……”他看向厨子，继续说，“我们应该是做了让秀明——还是叫你厨子吧，让厨子怨恨的事情。如果不弄清楚是什么事情，就算不上查清了真相。我其实早就知道凶手是谁了。但正如大家所见，我没能成佛。"

胡子男张开双臂展示。

厨子开了口："早就知道？你别虚张声势了。"

"这不是虚张声势。两天前看到国泽秋夫的时候，我就察觉到了。真相很简单：案发当天上午十一点，急救队员冲进屋内时，会客室里有两具尸体，一具是沙发上的尸体，另一具是地板上的凶手的尸体。如果沙发上的尸体确定为第一天到来天国、现世时间上午九点被发现的女仆，那么地板上凶手的尸体必然就是第三天到来天国、现世上午十一点被发现的厨子。"

"你明明知道还搞了刚才那出闹剧？你这人还挺好的啊！"

"没办法。我的确不能完全否定替换尸体的可能性。不管女仆是否改变了性别，替换尸体一说都是有可能的。所以，不好意思，我用了激将法。我记得你曾谎称自己死在沙发上，所以我觉得成濑秀明肯定会帮助女仆。"

厨子一脸懊悔地别过头去，沉默不语。

胡子男叹一口气。看来他不会开口了。

"那么……来吧，请各位陪我在这查明真相的舞台上多待一会儿吧。"胡子男努力重整旗鼓，继续说明，"为什么厨子会帮助女仆呢？很有可能在现世他们两人是相爱的。对了，女仆生前名叫国泽春斗。众所周知，他是国泽秋夫的儿子。除了女佣，对宅邸最熟悉的人，就只有国泽春斗了。"

胡子男看向女仆。她似乎还没恢复记忆，一脸惊讶。

"两人曾经交往过。我之所以这么认为，是因为厨子很在意女仆，但更重要的是发生过一件事。有一次，女仆突然抱住我，又像抱错人了一样猛地把我推开。我当时完全摸不着头脑。但意识到自己的脸不属于自己后，我就明白了。女仆将我错当成了成濑秀明。当然，这只是我不怀好意的揣测。

"我之所以确信厨子会不顾一切地帮助女仆，还有另一个原因。这起杀人事件正是因女仆而起……"

说到这里时，小包一脸诧异地举起了手。

"胡子男，等等。相爱……他俩都是男的吧？"

227

"嗯，是的。"

"你是说，他们是同性恋？"

胡子男正要回答这个问题，厨子语气尖锐地插话道："优，你生前也多次问过我同样的问题，每次我都会解释。你现在还要问吗？"

"优？是在叫我吗？对不起，我不记得了……"小包明显十分困惑。胡子男决定帮他解围。

"小包，女仆会以女性的模样出现在天国，是因为这是她的愿望。也就是说，她是跨性别人士。"

"哦，你当时穿着女装啊。"

"那也不对啊，你想想发现尸体的时候……"小包嘬着嘴，似乎无法接受。

"说不通的，"厨子开口，"优只能从表面上理解，无论怎么解释，他都理解不到本质。对了，我不是要恼羞成怒地否定，但我不是同性恋。我的恋爱对象是女性。至于她的生理性别、外表，我都不在乎。我只是被她的内在吸引……"

厨子神情认真，目不转睛地盯着女仆。

然后，他慢慢地转过身来说："长相与曾经的我相同的佐佐木，也就是胡子男，你的推理没错。我和春，是真心相爱的。我和春是在拍摄现场相识的。她当时在赞助商报社做销售，过来参观现场。那是命中注定的相遇，我们很快就交往了，但我不能公开恋情。"

厨子的语气与其说是向大家说明，不如说是对女仆解释。但众人还是被他的故事吸引，沉默着，听得入神。

"春是一名女性，至少对我来说是的。无论外表如何，她都是一个女人。但春希望自己在外表上也能成为一个女人。或许是出于成长环境的关系，她很害怕，很讨厌别人对她投来异样的目光，所以她从未把自己打扮成所谓的女人。我想，要是她和一个演员交往，就更难实现自己的愿望了。于是我决定隐退。我们约好去某个遥远的地方，一起开一家餐厅。对于在特殊环境中长大的我们来说，提供食物象征着生活。我是厨师，春是侍者。她现在的服装不是女佣的衣服，而是将来要在店里穿的制服。"

厨子缓缓举起一只手。他现在是个平凡的男人，

229

但众人还是密切关注着他的举动。他指向了小包。

"隐退的时候，我只把这一切内情告诉了行业内最亲近的优，但他根本不理解我们。他并没有反对我们交往，还说要帮助我们，但他无法理解我们真正的情况。他开始劝我出柜，最后还说要将我们的事情拍成纪录片。"

厨子瞪着小包。

"优，我们只是想过安静的生活，希望你放过我们。"

"对不起，我没有恶意……"

从这句话不难看出，小包应该已经找回了大半的记忆。他脸色苍白。

见气氛僵持着，胡子男问厨子："你只将事情告诉了小包，那我呢？"

"胡子男，你一直和我在一起，不用我说你也知道。我很信任你，也相信你会祝福我和春。但是……"

胡子男感到脑袋一阵刺痛。

"你瞒着我带着分手费去找了春。"

清晰的记忆在他脑海中浮现。

"不是的。不，是我，但我只是不想让你放弃当演员。你生来就是属于舞台的。"

"你这是多管闲事。"

"我多管闲事……你的才能不应该就这样被埋没。我想要的东西你不是都有了吗？况且，你从来没有自己坐过电车，也很少自己付钱。你也根本不会做饭。我当然会反对啊。"

"可我现在不是学会了吗？我不也习惯了厨子的身份吗？"

胡子男无法反驳。的确，虽说有运气成分，但他的确在短短几天里就有了极大的进步。他生前是能驾驭各种角色的演员。就算不通厨艺，但想来他也是个心灵手巧的人。

厨子见胡子男沉默下来，又转向了千金。

"反对我们交往的还有其他人——女佣，也就是千金。"

千金的肩膀一下子缩了起来，面露惧色。

厨子盯着她说："春没有母亲，父亲还是那种性子。在这样的家里，你是她唯一信赖的人。所以，春找你商量了我们的事。但你不仅表示反对，甚至还想限制她外出。"

"对不起，我只是想让小春幸福，能够正常结婚生子。我没有孩子，小春就像我的亲生儿子一样。我想看到他娶一个贤惠的妻子，建立一个正常的家庭。我这也是为了小春。"

"春不是满足你私欲的工具。你只是把春当成了你的所有物。"

"怎么会……不，你说得没错。即便在这里，我也把女仆当成了自己的所有物。我意识到了，我正在反省……"

千金深深地低下了头。随即，混混猛地举起了手。

"厨子，对不起，听到大家的话，我就想起来了。我一直在打探你们的关系。我被得到独家新闻的功利心蒙蔽了双眼，一直在纠缠你们。对不起，我打扰了你们想要安静生活的愿望。"面对埋下头去的混混，厨子眼神冷然。

"混混，你还没搞明白你真正的错误。"

"啊？什么意思？"

厨子瞥了一眼女仆，然后开口："我和春的关系一直是保密的。有一个绝对不能让他知道我们关系的人，那就是春的父亲国泽秋夫。他的想法很保守，肯定会反对我们交往。而且，他会为了达到目的不择手段。所以，我们一直小心翼翼，想在不被他发现的情况下私奔。但没想到，一位记者在向秋夫采访时提起了我们的事……"

"啊，不，我的确采访过国泽秋夫，但我以为他早就知道你们的事了。那个胡子大爷也的确都知道了。"

"不可能。在见到混混你之前，他肯定没有注意到我和春的关系。他大概是和你交谈时假装已经知道此事，然后套你的话。混混你不是去采访，而是被采访了。"

混混瞪大了眼睛，捂着嘴缩成一团。

四下一片沉默，想必所有人都在脑海中回顾着有关生前的记忆吧。

打破这份宁静的是小包。

小包歪着头问厨子："秀明，这些就是你杀我们的理由吗？我们妨碍了你和女仆交往。你为了报仇，就把大家都杀了？"

厨子缓缓摇头说："不，我不会为了报复而杀人。最重要的是，你们无论做什么，都不会动摇我和春的关系。"

"那是为什么？"

厨子刚要开口，又低下头，默不作声。

见状，胡子男提议："我来说吧。这和秋夫有关吧？"

厨子继续沉默着，但并未表示反对。胡子男微微张开双手，开始解释。

"昨天，我发现了一个奇怪的东西，庭园的花丛中有一个大坑。那坑不像是挖的，倒像是塌陷形成的。三天前，我和混混、千金一起去那个地方时，并没有那个大坑。为什么突然就形成了这样一个大坑呢？是因为国泽秋夫腐烂的尸体——没错，就是我们召唤出来的秋夫。储藏室变出东西的规则之一，就是宅邸里原有的东西只会从原来的地方移动到储藏室。也就是说，秋夫之前被埋在庭园里了。现在想想，那次召唤之所以能成功，不是因为我指挥得好，也不是因为大家想象力丰富，而是有人早就知道秋夫的真实状态。那么，这个人是谁呢？"

他环顾众人的反应，然后继续平静地往下说。

"至少女仆是知道的。不，因为她没有恢复记忆，准确来说她潜意识里是知道的。若非宅邸的住户，就不可能把尸体埋在庭园里。有作案条件的只有女仆和千金。这人或许是为了掩人耳目，还特意将买来的玫瑰苗种在了埋尸的地方。但据说天国宅邸一般不种市售的花苗，很难想象生前对庭园十分了解的千金会这样做。如果是这样的话，埋尸体的人很可能是女仆。"

话音刚落，厨子开口道："不，尸体是我埋的。"

"噢，是你啊……那杀死国泽秋夫的也是你吗？秋夫显然是头部被击打致死的。"

听到质疑，厨子又闭上了嘴。

这时，一个微弱的声音传来。

"杀死国泽秋夫的，是我。"

说话的是女仆。她还坐在地板上，但不再发抖，想来是恢复了记忆。

"果然是你杀的啊，和我猜测的一样。"

女仆垂下眼眸，结结巴巴地开了口："父亲知道我和秀明的关系后果然非常反对。他不停地怒骂我，说我可是个男人。我想方设法说服他，但父亲根本不听，还说要让我们分手。以父亲在业界的地位，这不是不可能。他显然不只是在威胁。他还断定我和秀明的爱情是虚伪的，不停地辱骂我……"她抬起头来，眼睛已经湿润，"等我回过神来时，父亲已经死了。在争吵中，我用花瓶砸了他。"女仆说完，低头捂住了脸。

楼梯厅里弥漫着沉重的气氛。

至此，事件全貌已基本浮出水面了。胡子男扫过每个人的脸。

"刚才我说过，这件事是因女仆而起，这就是答案。国泽秋夫被杀一事导致了我们被杀。"胡子男眯起眼睛继续讲述，"我没有之后的记忆，以下只是我的推测。小包、千金、混混、我胡子男四人，因为某些事情，发现女仆杀害了国泽秋夫，因此责备她、威胁她，使她感到痛苦，最后引起了厨子的怨恨，因此被厨子杀害。之后，女仆和厨子受不了罪恶感的折磨，决定殉情……有人有不同意见吗？"

话音刚落，厨子突然放声大笑，接着说："不对，完全错误。这个推理太离谱了。"

厨子笑了一会儿，满脸疲惫地摇摇头，说道："你们没有发现秋夫已经死了，自然也不会因此而责怪春，我和春并不怨恨你们。而且，春不知道连环杀人的事情，因为他是最先死的……"

厨子站得笔直。他散发着庄严的气息，仿佛上天的使者。

"我和春决定，把国泽秋夫的尸体埋了之后就殉情。虽然我们谎称秋夫出去旅行了，但他被杀害一事迟早会暴露，所以我们决定一起去死。只是，春说他想在死前实现他的愿望，他想要得到祝福。从小到大一直隐藏性别认同的春希望在临终前得到大家承认，于是我们决定办一场小小的婚宴，客人就是那些已经知道我们关系的人。虽然之前发生过不快，但你们还是欣然同意参加……"

胡子男隐隐回忆起了掌声。

"聚会结束时，大雨阻挡了你们返程，你们只好在宅邸住下。但我和春还是决定按原定计划殉情。我们在会客室里吃下了大量的安眠药。"

胡子男同情地低声念叨："吃安眠药吃到致死量，几乎是不可能的。"

厨子也自嘲一笑，说："看来是的，我没有死。我是在深夜醒来的，能正常地活动，只是感觉有点烧心。可是春躺在沙发上，在睡梦中痛苦地哭喊。我想立刻让她得到解脱，于是急忙去找能帮助她死亡的工具。我先去了储藏室。那里面的东西太多了，我没能找到刀具，但我找到了其他房间的钥匙。随即我去了厨房，在那里找到了一把剐骨刀。我拿起那把刀，跑回了会客室。然后……"

厨子逐一凝视着众人的脸。成濑秀明挥刀砍下的样子浮现在众人眼前。当然，他们并没有真正目睹那一幕。然而，眼前的画面依然清晰，胡子男害怕了，把目光从厨子身上移开。

"面对春的尸体，我哭了。我恨懦弱的自己没能给她幸福。我问自己，就没什么能为春做的吗？我不停地问自己，然后想到了一件事。春希望得到祝福。那么，她离开的时候也必须有见证者。于是……"短促的吸气声响起，"我想让你们充当为我们献上祝福的天使。"

胡子男一时没明白他的意思。这是一个意料之外的动机。大家都惊呆了，一时无言。

此时，胡子男声音嘶哑地开口："我们是祭品吗……"

厨子立即反驳："不，是见证者。"

"都是一样的，不都是你祝福仪式的牺牲品吗？"

"我别无选择……"

"不，你可以选择不杀人啊。"

"不！我没有选择！"厨子带着哭腔，喘着粗气，"春因为和我交往饱受折磨，我却什么都不能为她做，所以我想在死前做点什么。不管什么都好，我想为春做点事。"

这是一个幼稚的想法。但无人能出言反驳，也无人可以责备他。毕竟胡子男自己也曾为了一己私欲逼迫女仆。这种愚蠢的想法虽然不是凶案的直接原因，却把厨子逼到了绝境。

胡子男闭上眼睛，深呼吸，然后面向所有人。

"那么至此，查明真相的舞台就落幕了。"

虽然不知道还有多久才能成佛，但在此之前，大家还是安稳地度过吧。

正当他这么想的时候，厨子再次开口："不，还没结束，你们不是还没完成使命吗？"

"啊？什么意思？"

厨子迈开步子朝女仆走去。

"如果实现了愿望，就能从天国里解放出来。那么我一开始就知道案件的真相，为什么到现在还没有成佛？因为我的愿望还没有实现。"

"啊……你不是想当厨子吗……"

厨子没有回答，只是笑了笑，然后将手伸向女仆。

"春，来吧……"

女仆拉着他的手站了起来，轻声低语："秀明，对不起，我没发现你离我这么近……"

"没事，我们的心会互相吸引。你已经知道我的心了吧？"厨子转向其他人，提高了嗓门，"来吧，天使们。鼓掌的时间到了！请给予我们祝福吧！"

接着，他低声对着胡子男说："我最大的愿望就是白头偕老……"

胡子男涌起一种不好的预感。他正要上前，厨子和女仆却抢先一步拥抱在一起。下一个瞬间，两人的喉部深深撕裂，脖子朝后仰去。

裂开的伤口喷出鲜血，雨点般洒向空中，在天窗透过的光线下闪闪发光。

在其余四人面前，相拥的两人瘫软倒下。最后，酒红色的地毯上留下两具穿着同款白色燕尾服的男性尸体。

千金走到跟前，在尸体面前哭着张开双臂。

"别看了，女仆肯定不想让人看到她原本的样子。"

混混从餐厅拿来桌布盖在尸体上。

小包一边远远地看着那个场面，一边自言自语："为什么不能好好相处呢？大家已经死了……"

大家都意识到，厨子和女仆再也不会醒来了。

胡子男紧闭着嘴，对着地板上的两人沉默着行了一个很长的礼。

十

于 终 结 的 大 海

厨子和女仆的尸体被搬到了二楼的大卧室。这是厨子住的房间，或许也是国泽春斗生前住的房间。房间内的床上，相拥的两人静静地沉睡着。

之后，大家决定不再进入房间。

六天后。

"小包你动作太快了。"

"是大家太慢了。"

四人边吃午饭，边观看沙滩排球的录像。

"菜来啦，少年们。"

千金把刚添的一大盘菜放在桌子上，入了座。

混混抱怨："真的已经吃腻金枪鱼了。"

"还剩下好多呢，还有混混你要的啤酒。"

大家已经知道了彼此的来历，当然，也知道了真名，但他们还是决定继续用绰号称呼彼此。

餐厅内的气氛还是和查明真相前一样。大家一边嚼着食物，一边思考。

"不吃完食物就不能成佛的假设是不是太牵强了？"

混混皱起眉头说："这不是你说的吗？"

"可这也太费劲了。这算哪门子实现愿望？就是在吃苦。"

"那条件就是让小包拍完电影吗？"

"对此我已经没有留恋了。我说过很多次，我已经心满意足了。"

眼看一周就要过去了，他们却丝毫不见可能离开天国的迹象，于是讨论着各种可能性。

最后，混混开口："说不定，根本没有'成佛'一说吧。因为我很享受这一切。"

胡子男忍不住赞同他的观点。

这时，神情微妙的千金开口道："会成佛的，一定，快了……"

混混追问："你怎么这么肯定？难道你过得不开心吗？"

"我很享受。是因为……"她沉默了片刻，很快又继续说下去，"虽然没告诉大家，但我每天都给女仆和厨子献花。那两具尸体已经消失了。女仆在查明真相的第二天早上消失了，厨子则是在两天后消失的。"

"难道处于死亡状态是成佛的条件吗？"

听到这个想法，胡子男插嘴："不对，混混，这是我们来到天国的顺序。"

"啊？为什么会是这样的顺序呢？"

千金平静地说："或许这就是我们想要的？希望消失之前能够知道。而且，我已经预感到了，这是天启，我一定会消失的。"

混混抱着胳膊沉思，似乎是在计算时间。

"千金，那你不是明早就要消失了吗……"

"是啊……"

"你怎么不早点告诉我啊！"

"我本来不打算说的。我如果告诉大家自己要消失了，肯定会忍不住坦白很多事情，就连我最丑陋的一面也会说出来。"

"事到如今，你还瞒着我吗……"

千金下定决心一般深吸一口气。

"与其说我是女佣，不如说是国泽秋夫的情人。我在年轻时认识了他。起初我很喜欢他，以为我们总有一天会结婚，能得到幸福。但是……对不起，混混，打破了你对他的敬仰。国泽并不是靠记者的能力出人头地的，而是通过政治婚姻积累了财产。之后他一直养着我，挺离谱的吧？对我这样的人来说，小春就像是我的亲生儿子一样。所以，我将自己对普通家庭的憧憬强加给了他。我是个内心丑恶的女人……"

听完，混混露出了温柔的神情。

"不是的。你能承认自己的错误，还把花献给杀死自己的人，怎么可能是坏人？千金，你是个好女人。"

"混混，你是个好男人。"

于是，胡子男提议："我们来干杯吧。"

千金一脸惊讶地转头看他："为什么要干杯？"

"千金的愿望是遇到一个好男人，对吧？现在愿望实现了。"

小包用力地拍手说："这么说的话，的确应该干杯。"

杯盏交错碰撞，祝福的声音响彻餐厅。

杯子里的啤酒气泡浮起又消失。

第二天，不出所料，千金消失了，是混混独自送她离开的。据说，千金的身影在床上化作一个光粒消失了。

"嗯？为什么混混是在床上为她送行的？"

"小包，你别问……"

"啊？什么意思？"

"别问这种问题。"

胡子男和小包你来我往时，混混笑了。

"是啊，还是不要窥探这种隐私为好。我生前要是没做那种蠢事……归根结底，是我错了。因为我把消息告诉了胡子大爷，才会发生那种事。都是我的错。"

胡子男无奈地叹了口气说："混混，不是说过别说这种话了吗？大家或多或少都有责任。"

　　混混微微点头说："对不起，我再也不说了。对了，下一个消失的就是我了。"

　　"是啊，我们开个欢送会吧。"

　　看着说出这番话的小包，混混一脸苦涩。

　　"其实，我希望大家不要送我。"

　　"为什么？"

　　混混做出一副思考的样子，羞涩地说："其实，我有点害怕。所以，我想在睡梦中消失……"

　　"这……好吧，的确很像你会干出来的事。"

　　"胡子男，记得把你那烦人的闹钟关掉。"

　　两天后，混混消失了。

　　他放在餐厅的记事本上，写着大量关于《每时新闻》的详细分析，但最后一页的内容与事件无关。

　　混混用大大的字写下了告别语。

　　再见了，重新绽放的天使们。

第二天早上，胡子男和小包去了海边。

小包很快就要消失了。应他的要求，胡子男在海边为他送行。

小包在三脚架上架好摄像机后，在胡子男旁边坐下。白色的沙滩上，两人并排望着海浪。

"小包，你还要拍吗？"

"嗯。人变成光粒的场景，可是很难拍到的。"

"是啊……可是即使拍到了，你也看不到了吧。"

"那真是太可惜了。"

"你怎么说得这么轻松，好像事不关己似的？"

话音刚落，小包突然喊道："来了！来了来了！来了！"

"你先别喊。什么？怎么了？"

"天启啊，我快消失了。"

"啊？快消失的时候会有预感吗？"胡子男很吃惊，却见小包一脸落寞。

"小包……？你别这样，你很留恋吗？"

"不，我已经心满意足了。"

"真的吗？虽然现在说这个可能晚了，但你真的不想拍完电影吗？"

"嗯。从一开始就没有办法拍下我想描绘的最后一幕。"

"你拍的明明是纪录片，居然还构思了最后一幕？"

小包呆呆地盯着地平线说："是啊。对了，标题我都想好了。"

"是什么？"

小包羞涩地低下了头，然后，看着胡子男的眼睛，开口说："《所有人都死了的天国》。"

胡子男细细咀嚼着这个标题，然后笑了起来："嗯……还不错。"

小包高兴得两眼发光，满脸笑容地说："对了，这部电影的最后一幕是这样的……"

* * *

皮鞋踩在碎石上，石头之间摩擦发出细碎的声音。

松林中有一条隧道般的小路，延伸向大海。视线前方渐渐明朗，马上就要到海滩了。他还能听见海浪的声音。

很快，那只皮鞋踏上白沙。仍有低矮的阳光洒在面庞，他不由得移开了视线。再次缓缓转回目光，看着开阔而炫目的景色，他心中满是感慨。

这座岛上曾经有六名男女。六人曾在这片海滩玩闹。但现在，只剩一个人了。

凝视着作为一切开端的大海。海面摇曳着闪光，不知为何，天与海的交界线也闪闪发光。那光芒渐渐扭曲，变成了飞舞的光粒。看来，当最后的住户消失时，这个世界也会消失。

远处的天空一块块坍塌。坠落的天空与飞舞的光海交融，变成了一堵无色的墙，又像是与某个陌生之境相接的边界。边界逐渐靠近，一切都将消失。

当那边界吞没身躯时，他有一种自浅眠中苏醒的感觉。

更好的阅读

特约监制　潘　良　于　北
产品经理　邱　仪　胡马丽花
特约编辑　朱韵鸽
版权支持　冷　婷　李孝秋　金丽娜
营销支持　于　双　温宏蕾　黄晓彤
封面设计　胡崇峯
插画设计　Illustration ©SAITOH Yusuke

关注我们

官方微博：@文治图书
官方豆瓣：文治图书
联系我们：wenzhibooks@xiron.net.cn